小学館文庫

浅草ばけもの甘味祓い

～兼業陰陽師だけれど、鬼上司と駆け落ちしました!?～

江本マシメサ

小学館

目次

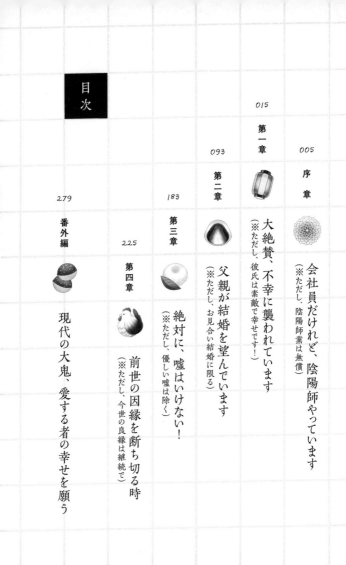

序章

会社員だけれど、陰陽師やっています
（※ただし、陰陽師業は無償）

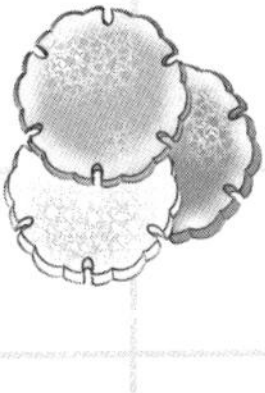

私、永野遥香《ながのはるか》は、浅草で代々陰陽《おんみょう》師《じ》業を行う家系に生を受ける。幼少期より陰陽師として活動するための技術を叩《たた》き込まれ、当たり前のように陰陽師業を続けていた。

永野家は、古くより浅草を守るよう命じられていた。ひとりひとり担当する地域があり、怪異と呼ばれる人間に害をなす存在《もの》を退治するのだ。

昼間は会社員、夜は陰陽師と、永野家の人間は二足のわらじで活動している。

かつては公務員のような立場だったが、明治三年に陰陽師達《たち》を取りまとめる陰陽寮が廃止。以降、多くの陰陽師達は転職していった。

そんな中で、遷都と共に東京を本拠地に移した永野家は、昔と変わらず陰陽師を続ける稀有《けう》な家系である。

永野家の者達は、当時仕えていた御上《おかみ》に「浅草を頼む」と任されていた。その言葉を胸に、現在も浅草の町を守っているのだ。

浅草の町には、夜な夜な悪さを働く怪異がうごめく。彼らは人が負の感情を抱いたときに発生させる邪気を糧としているのだ。永野家の者達はそれぞれ担当する地域の怪異を、責任を持って祓《はら》っていく。

ただ永野家の皆《みな》が皆、優秀な陰陽師というわけではない。私は才能がからっきしな、へっぽこ陰陽師だった。

祓いの呪術は軌道が外れて宙を舞い、お札作りでは貴重な呪符を炎上させる。

私の中で怪異を祓うことに疑問があるのが、失敗に繋《つな》がる理由のひとつなのかもしれない。

彼らは人間に害なす存在という認識があるものの、私は怪異に助けてもらった幼少期の記憶が残っているのだ。

おそらく怪異には、善き存在《もの》と悪《あ》しき存在がいる。だから、怪異を悪と決めつけ、問答無用で祓ってしまうのはよくないのではないかと考えていた。

どうにかできないものかと考えた結果、私は『甘味祓い』と呼ばれる呪術を編み出した。

甘味祓いとは、怪異に呪術をこめたお菓子を食べさせて、邪気だけ祓うものだ。邪気がなくなったら、怪異は悪さをしなくなる。

そんなわけで、私は怪異との共存状態を維持しようと日々奮闘していた。浅草がいつまでも平和でありますようにと祈りつつ……。

人生に刺激なんていらない。そう考えていた私に、ある日、とんでもない大問題が降りかかった。

それは、桜がはらはら散る季節のこと。

京都支店より新しい係長が異動してきた。長谷川正臣《はせがわまさおみ》――人気俳優のように見目麗しいお方だった。

普段、イケメンにあまり興味がない私ですらも、ひと目見た瞬間、胸が大きく高鳴る。どくん、どくんと強く脈打つ心臓を押さえた。

これって、もしかして恋!? なんて思ったが、すぐに違うと気づく。

落ち着かない気持ちになったのは、長谷川係長に一目惚《ひとめぼ》れしたからではない。

長谷川係長の全身から生じる、普通ではない気配。そして邪気。

彼が怪異の中でも最強最悪の『鬼』であることに、うっかり気づいてしまった！

平安時代より、鬼と陰陽師は宿敵である。

千年前は果敢にも鬼と戦っていたが、時代が進むにつれて陰陽師たちの戦力は低下し続けている。怪異も同様に、昔ほどは猛威をふるっていなかった。

けれども、長谷川係長は平安時代の強き鬼の力を、その身に秘めているようだった。

もしも私が陰陽師だとバレたら、即座に倒されてしまう。もちろん、私だけではない。永野家最強と呼ばれた叔母の織莉子《ゆりこ》でさえ、敵《かな》わないだろう。

会社に鬼がいることは、家族や親戚にも内緒にしておかなくては。

鬼にとって、私みたいなへっぽこ陰陽師は取るに足らない存在であるはず。

……なんて、気楽に思っていた頃もありました。

人当たりがよく仕事ができる長谷川係長は、瞬く間に周囲の信頼を勝ち得ているようだった。しかし、いつも笑顔を絶やさない彼であったが、どうしてか私にだけいじわるな面を見せる。

確実に、鬼だろう。

私の式神ハムスターであるジョージ・ハンクス七世からは、警戒を怠らないように言われていた。それなのに、私は長谷川係長に陰陽師だとバレてしまう。

しばらく彼が敵か味方かわからない状況が続いていたが、最終的には手を組むこととなった。

なんでも、長谷川家は平安時代に鬼を婿として迎えた一族だったらしい。そのため、代々鬼の血を受け継いでいるという。

時が経《た》つにつれて鬼の血は薄くなっていったものの、長谷川係長は先祖返りなのか、大きな力を持って生まれてきてしまったのだとか。

しかも、大きな鬼の力を秘めているため、長谷川係長は邪気の影響を受けやすいらしい。

浅草の治安が乱れて邪気が濃くなったら、長谷川係長は完全な鬼と化してしまう。

そうならないためにも、陰陽師である私に力を貸してくれることとなった。

手に手を取って助け合う――なんてわけはなく、単なる利害の一致関係だ。

というわけで、陰陽師と鬼が手を組むというまさかの事態となる。

しかし、共に行動していくうちに、私は長谷川係長を頼るようになっていた。鬼と陰陽師の関係なんて上手《うま》くいくはずがない。そう思っていたのに、長谷川係長は甘味祓いを愚かだと口にする一方で、ひとりでよく頑張っていたと評価してくれた。

その一言が、どれだけ嬉《うれ》しかったことか……。

だんだんと、長谷川係長に惹《ひ》かれていく自分に気づく。ダメだ、ダメだと自制しても、恋心はどんどん育っていった。

心に秘めるだけならばいいのではないか。

なんてことを考えている間に、私は同じ夢を何度もみるようになっていた。

夢の舞台は平安。病弱な『はせの姫』と、最強の大鬼『月光の君』と呼ばれるふたりが、恋の果てに死に別れになる――というもの。

はせの姫は陰陽師の家系で、鬼である月光の君とは敵同士である。悲観的な状況でも惹かれ合い、愛を育んでいた。

だが、ふたりの関係に、周囲が気づかないわけがなかった。

月光の君は陰陽師が束になっても到底勝てないような、強力な大鬼である。そのため、鬼退治を得意とする武士をはせの姫の父親が呼び寄せたようだ。

その名も桃太郎。鬼退治で名を馳《は》せた青年である。

ところが、月光の君と桃太郎が対峙《たいじ》していたはずなのに、なぜかはせの姫が死んでしまう。そこで、目が覚めるのだ。

朝起きると、夢の内容のほとんどを忘れてしまう。はせの姫や月光の君の顔すらおぼろげだったが、どうしてか桃太郎だけはしっかり記憶に残っていた。

あの夢はいったい何なのか。しかし分析する暇なんてないほど、私は次々と想定外の事態に襲われた。

ある日、夢に登場していた桃太郎そっくりな新入社員桃谷絢太郎《ももたにあやたろう》が、私と長谷川係長が所属する総務課に配属される。

アイドル系のイケメンで、明るく天真爛漫《てんしんらんまん》な桃谷君は、課の人気者となった。

彼は桃太郎の生まれ変わりなのか。だが、夢の話をするわけにもいかない。

モヤモヤとした日々を過ごす中で、とんでもない記憶が甦《よみがえ》った。私ははせの姫の生まれ変わりで、長谷川係長は月光の君の生まれ変わりだというもの。なんてことだと頭を抱えていたら、桃谷君から自分は桃太郎の生まれ変わりだと告げられた。

彼は、やはり桃太郎の生まれ変わりだったのだ。さらに、衝撃の事実が明らかとなった。桃谷君によると、はせの姫は月光の君に殺されたのだという。

殺害理由は謎。そんな人物が、千年の時を経て現れる理由は、なんなのだろうか。もしかして長谷川係長は、私の命を狙っている？

同時に、不安になった。私は長谷川係長に好意を抱いているのではなく、はせの姫の感情に引っ張られているのではないか、と。

前世の記憶はおぼろげにあるものの、私は私だ。はせの姫ではない。

逆に、長谷川係長はどうなのだろうか？

長谷川係長の心が今も月光の君自身のものであったら、どういう気持ちで私に接しているのか。

前世で殺した相手である。想像なんてできない。

また私を殺そうと目論《もくろ》んでいるのであれば、一緒にいないほうがいい。

疑心暗鬼に囚《とら》われる中、あろうことか長谷川係長は桃谷君が私に告白しているところを目撃してしまう。その結果、邪気が高まって鬼と化してしまった。

怖くて怖くて堪《たま》らなかったが、このような状況になってようやく気づく。

私は前世に関係なく、長谷川係長が好きなのだと。

素直な気持ちを伝えると、長谷川係長は元の姿に戻った。

これでめでたし、めでたしと言いたいところだが、そうもいかなかった。

怪異が絡んだ事件に次々と襲われ、ついには殺人事件まで起きてしまう。

どうしてこうなったのか。

永野家の面倒事を押しつけられたり、呪禁師《じゅごんし》という禍《まが》々《まが》しい呪術を操るおじさんが現れたり、桃谷君の行動にやきもきしたりと、心が安まる暇はない。

そんな中での癒やしは、ハムスター式神のジョージ・ハンクス七世やミスター・トム、マダム・エリザベスの交流を眺めることか。

長谷川係長とも、正式にお付き合いするようになった。鬼が彼氏なんて、これ以上心強いことはないだろう。

これからも、頼りになる仲間達がいれば大丈夫。……たぶん。

日々、強く生きようと思ったのだった。

第一章
大絶賛、不幸に襲われています
（※ただし、彼氏は素敵で幸せです！）

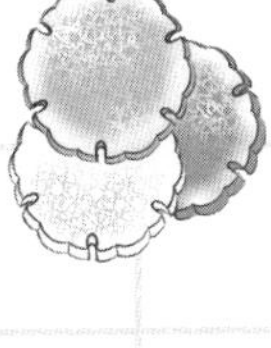

本日は晴天。朝から洗濯物を干して元気よく出勤したのに、会社に到着した途端、大雨が降ってきた。エントランスに入ったばかりなのに、出入り口を振り返って呆然《ぼうぜん》としてしまう。

「ええ、嘘《うそ》でしょう……？」

私の独り言に、鞄《かばん》に潜む式神ハムスター、ジョージ・ハンクス七世が反応した。

『おい、遥香。俺が部屋まで戻って洗濯物を取り入れてこようか？』

「え、いいよ。こんな大雨の中、ジョージ・ハンクス七世だけ帰らせるわけにはいかない」

『お前なー。なんのための式神なんだよ』

「洗濯物を取り入れてもらうための式神ではないからね」

『そりゃそうだ』

雨の勢いがありすぎて、私やジョージ・ハンクス七世の声などかき消してしまう。

それにしても、天気予報は一日中晴れだったのに、バケツをひっくり返したような雨が降るなんて。お気に入りの柔軟剤を入れて洗ったのに、雨に打たれる洗濯物を思い涙する。

昼休みに戻って救出してこようか。会社から自宅まで往復二十分。行けなくはないものの、昼食を食べる時間がなくなってしまうだろう。

今日は取引先に配布するカレンダーやメモ帳などのノベルティのデータを最終確認し、入稿する作業がある。普段しない仕事なので、慎重に進めたい。昼食を抜いたら、ミスを誘発する可能性があった。

ちなみに発注先は『ホタテスター印刷』である。前回起こった事件のあとも経営は続いていて、うちの会社との付き合いは継続されているのだ。

洗濯物のことはいったん忘れて、仕事に集中しよう。

そう思っていた矢先――ロッカールームで盛大に転んでしまった。

「ちょっ、永野先輩、大丈夫ですか!?」

後輩である杉山《すぎやま》さんが駆け寄って、優しく手を差し伸べてくれた。

「うう、大丈夫」

「いや、大丈夫じゃないですよ！」

「え？」

「ストッキング、派手に破けています。ヒールの踵《かかと》もぱっくり割れていますし」

「うわ、本当だ」

ついでに、がーんと口にしてしまった。隣にいた杉山さんが小声で、「今時がーんって言う人なんているんですね」なんて突っ込まれてしまう。恥ずかしくなるので止《や》めてほしい。

「永野先輩、替えのストッキングあります？」

「あ、うん。持っている」

「靴は……。あ、来客用のスリッパ、借りてきますね」

お礼を言う暇もなく、杉山さんはロッカー室を飛び出していった。ストッキングを穿《は》き替えている間に、杉山さんがスリッパを持ってきてくれる。

「すみません、永野先輩。女性用は消毒中だったみたいで、男性用のデカいやつしかありませんでした」

「あ、ありがとうね」

転んだ挙げ句、ストッキングを盛大に破り、ヒールの踵を折ってしまう不幸なんてなかなかないだろう。

「あの、青あざできてますけれど」

「ヒッ！」

膝に見事な青あざが浮かんでいる。スカートで隠れるので問題はないものの、じくじくと鈍痛を訴えていた。

「永野先輩、少しここで休んでいますか？　長谷川係長に、永野先輩は何もないところで盛大にすっころんで、酷《ひど》く傷心です、ちょっとだけ業務に遅れますって伝えておきますので」

「大丈夫。本当に大丈夫だから」

「そうですか？　あ、肩貸します？」

「気持ちだけ、受け取っておく。ありがとう」

一緒に並んで歩いていたら、杉山さんにぎょっとされる。

「うわ、永野先輩、靴の踵がなかったら、こんなに小さいんですね！」

「え、そう？」

ヒールと足の相性がいいのか、高めのものを履いていても苦にならないのだ。

その代わりと言ってはなんだが、草履は足が痛くなる。人体の不思議としか言いようがない。

「永野先輩、総務課の勤勉リスって呼ばれていたんですけれど、リス並みに小さい！」

「あの、杉山さん。どうでもいいけれど、総務課の勤勉リスって褒め言葉？」

「たぶん！　それにしても、どうしてあんなに高い踵のヒールを履いていたのですか？」

「一時期、備品管理の担当だったんだけれど、棚に手が届かなくって。踏み台をいちいち持ち運ぶのが面倒だったから」

「あー、なるほど」

そんな話をしながら、総務課のフロアにたどり着く。すぐに、隣の席の山田《やまだ》先輩が私達に気づいた。

「おー、永野、杉山、おはよう、って永野が小さくなった!?　どうした!?」

「もともとこの身長です。ヒールの踵を折ってしまって」

足下のスリッパを見て、山田先輩は憐憫《れんびん》の視線を向けてきた。

続けてフロアにやってきた桃谷君が声をかけてくる。

「永野先輩、なんか頭をぽんぽんしたくなります」

「絶対に止めて」

「一回十円でダメですか？」

「駄菓子じゃないんだから」

桃谷君は本当に自由だ。がっくりとうな垂れる。視界に入った桃谷君の足下を見て、ふと気づいた。

「あれ、桃谷君、ズボンの裾に動物の毛が付いてる」

「あ、まだ残っていたんですね！」

なんでも、出社時に散歩中の柴犬《しばいぬ》から熱烈な絡まれ方をしたようだ。桃太郎の生まれ変わりである彼は、犬と猿と鳥に好かれる体質らしい。

「もーやだ。一緒に出退社して、獣たちから守ってくださいよ」

「無理だよ」

「何が無理なの？」

いいタイミングで長谷川係長がやってきた。今日も空気がきれいになるような、爽やかなイケメンっぷりである。空間の浄化作用があるだけではない。長谷川係長が颯《さっ》爽《そう》と歩いているだけで、築三十年のオフィスがオシャレに見えてくるから不思議だ。

「おはよう」

「おはようございます」

挨拶を終えたあと、桃谷君が足下を示しつつ踵を折ってしまったという事情を話してくれた。

「大変だったね。社内の売店に靴があるから、買いに行く？」

「え、そんなものまで売っているのですか？」

「店頭には並んでいないけれどね。レジで言ったら、出してくれるよ」

「はあ、知りませんでした」

五千円前後で買えるらしい。これまで履いていた靴はずいぶん長く愛用していたので、いい機会だろう。給料から天引きもできるというので、非常にありがたい。お言葉に甘えて、朝礼を休んで売店に靴を買いに行った。

売店の場所は、食堂の隣。

朝、売店に立ち寄ることなどなかったので知らなかったが、終業時間前の八時から営業しているらしい。いつもはお菓子やアイスを購入するだけなので、本当に靴まであったのかと驚く。

他にシャツや下着類、鞄まで売っているようだ。なんでも過去にドジっ子社員達がいて、スパゲティを食べてシャツを汚したり、自宅に鞄を忘れたり、大事な会議の日にスニーカーで出社したりと、問題行動を起こすたびに売店の品揃《しなぞろ》えが充実していったらしい。過去の社員達の失敗に、今日ばかりは感謝した。

長谷川係長に戻った旨を報告する。

「杉山さんから、派手に転んだって聞いたけれど大丈夫？」

「ええ、この通り」

「気を付けてね」

「はい」

自分の席目指してトボトボ歩く。杉山さんと山田先輩が、心配そうに見つめてきた。

大丈夫だと笑顔を見せると、余計に眉尻を下げる。

と、今はアイコンタクトをしている場合ではない。仕事に移らなければ。


あっという間に昼休みとなり、今も雨に打たれる洗濯物に思いを馳せながらお弁当を食べる。ため息が零《こぼ》れたのは一度や二度ではなかった。

杉山さんが心配そうに、大丈夫かと声をかけてくる。

「外に洗濯物を干したまま、出てきたんだよね」

「うわ、最悪ですね」

ちなみに杉山さんは、洗濯物は外に干さないらしい。

「近所で変質者がベランダの下着を盗んだって噂話《うわさばなし》を聞いてから、風呂場の乾燥機で乾かしているんです」

「そうだったんだ」

私が叔母に借りて住んでいるマンションの部屋は高層だ。そのため下着泥棒の心配はない。けれども、雨という脅威に襲われてしまうのだ。

「洗濯物はびしょ濡《ぬ》れだし、ロッカーでは転ぶし。最悪だよ」

「ていうか、永野先輩、最近運なさすぎじゃないですか？」

「杉山さんもそう思う？」

「いや、最近の不幸を気のせいで片付けようとしていたんですか？」

「う……まあ」

「花壇の水やりをしていたコンシェルジュに水をぶっかけられるとか、散歩中の犬に飛びかかられて泥だらけになるとか、スキップしていたら足を挫《くじ》くとか、全部気のせいで済ませてはいけないですよ」

「そういえばあったね」

「覚えていなかったんですか？」

「杉山さん、人は嫌な出来事はすぐに記憶から追い出す生き物なんだよ」

「永野先輩って、本当にポジティブですよね」

「そうかな?」

ただ、前向きなだけでは人生はままならない。

杉山さんが指摘したとおり、ここ半月ほど、ありえない数の不幸に見舞われていた。一日一回であればいいほうだ。今日みたいに、不幸の連鎖に襲われる日がある。

「なんていうか、不注意だったんだと思う」

「何かあったんですか?」

顔がにやけそうになったので、慌てて顔を覆った。先日、長谷川係長から、私の両親に紹介してほしいとお願いされたのだ。

長谷川係長は鬼で、両親は陰陽師。すぐに了承できるものではない。けれども親に挨拶をしたいということは、私との交際を真剣に考えてくれている証拠だろう。

嬉しくって、ここ最近注意散漫になっていた可能性が大いにある。

顔のにやけが収まったのを確認し、覆った手を外した。

「永野先輩、彼氏にプロポーズされたんでしょう?」

「ち、違う!」

「それで、浮かれていてドジを踏んでしまったのですね」

「いや、まあ、浮かれていていてドジを踏んだことは否定しないけれど」

「あー、いいですねえ。永野先輩は交際順調で」

そういえば、杉山さんも先月、彼氏ができたと言っていた。その彼氏はどうなったのか。この反応だと、上手くいっていないのだろうけれど。

「私、彼氏と別れたんですよねー」

「そ、そうだったんだ」

「別れた原因、聞きます？」

「聞きたいような、聞きたくないような」

「聞いてください」

杉山さんは深く長いため息をついてから、別れの理由を語り始めた。

「なんか、将来について、話したんですよ。自分がどうありたいかって。そうしたら奴《やつ》がとんでもないことを言いまして。なんだと思います？」

「え、なんだろう？」

「子どもは十人くらい欲しいって言ったんです。テレビの取材がくるくらいの、大家族に憧れているって」

「なんていうか、壮大な夢だね」

「本当ですよ。その十人、誰が産むっていうんだって思いました」

「確かに」

出産は命がけだ。それに、子どもは授かりものでもあるので、目指して産むものでもないだろう。

「もしも男が子どもを産むんだったら、頑張れよ！　って背中を押すんですけれど、そうではないですからね。それに子育てについても、考えただけで失神しそうになりました」

十人の子どもの教育――ちょっと想像できそうにない。

「私、定年までこの会社で働きたいんです。だとしたら、子どもはひとりかふたりが限界だと思うんですよね。十人は絶対に無理です。あと、子どもがひとりでもいたら、共働きだから、家事や育児は完全に分担したいんですよね」

その辺をどう考えているのか、杉山さんは探りを入れたという。

「そいつ、なんて言ったと思いますか？」

「うーん、なんだろう？」

「完全分担は無理。定時上がりばかりしていたら、社内評価に響くだろうって」

「まあ、そうだろうね」

悲しいことだけれど、子育てと仕事の両方を頑張る人を応援できる社会の仕組みは不十分だ。子どもが病気で早退するとき、快く送り出してくれる職場はごく稀《まれ》だろう。

うちの課は人に余裕があるうえに、課長と係長は子育てに理解ある上司だ。何か起こった場合、子どもを優先させて早退させる。おかげで、山田先輩は助かっていると話していた。

「もうその時点でこの人との結婚はないなって思ったんです。結婚は苦楽を分かち合うって言うじゃないですか。そういうタイプだったら、結婚してもいいなって」

杉山さんは子どもの出産のさいに、あることを条件に挙げたのだという。

「子どもを産むときは、アステカ法しかないと思ったんですよ」

「あすてかほう？　何それ？」

「いや、なんていうか、あまりにも残酷なので、私の口からはとても言えません。スマホで調べてください」

同様のことを、元彼氏にも言ったようだ。

「えーっと、アステカ法っと……ヒッ!!」

説明文を読んだあと、思わず悲鳴を呑《の》み込んだ。

アステカ法――それは出産の痛みを夫となった男性と分かち合う、強烈な出産法だった。

それにしても、なんて出産方法を提案するのか。杉山さん、恐ろしい子……。

ちなみに、アステカ法の真偽は定かではないらしい。一時期ネットで拡散され、話題になっていたようだ。

「これは、たしかに口では説明できない」

「でしょう?」

アステカ法について調べた元彼氏は、顔を真っ赤にして付き合いきれないと怒ったらしい。そのまま、お別れとなったようだ。

「なんていうか、他人の痛みを自分のことのように考えられない人って、意外と多いですよね」

「そうだねえ」

夫婦の間で話し合い、子どもは何人欲しいと言うのであれば構わない。けれども片方が勝手にたくさん欲しいと望むと、互いに軋轢《あつれき》が生じてしまうだろう。

「顔はものすごく好みだったんです。明るくて話しやすいところも。でも、物事の考え方が私向けではありませんでした」

しばらく恋愛はお腹《なか》いっぱいだと、杉山さんはアンニュイな表情で呟《つぶや》く。

「なんとなくですけれど、永野先輩は顔で選ばなそう」

「言われてみれば、お付き合いする人を、顔で選んだことはないけれど」

と口にしてから、長谷川係長が脳裏に浮かんだ。私の中にいるもう一人の私が「本当に顔で選んでいないのか？」と問いかけてくる。

「結婚する前に彼氏を紹介してくださいね。アステカ法を行う勇気があるのか、聞いてあげますので」

「杉山さん、私はアステカ法を勧める気はないから」

「いや、それくらいの覚悟はあるのかと、聞くだけですよ」

長谷川係長にアステカ法をする気があるのか、と問いかける杉山さんを想像したら、笑ってしまった。

「永野先輩、何を笑っているのですか！　私は本気ですからね」

「はいはい。ありがとうね」

無性に、杉山さんをよしよししたくなる。そんな昼下がりだった。

◇◇◇

夕方、叔母の織莉子からメールが入っていた。なんでも、マンションに用事があって帰ってきていたらしい。私の濡れそぼった洗濯物に気づき、取り込んで洗い直してくれたようだ。

現在、ランドリールームで乾かしているという。ありがたいにもほどがある。

メールはそこで終わりではなく、外に洗濯物を干すなと言っていただろうとお叱りの言葉もあった。

隣から覗《のぞ》き込んだら干している服は丸見えらしい。

現在、うちの階は私と長谷川係長しか住んでいない。長谷川係長は私の洗濯物を覗き込むような趣味はないだろう。

太陽の光を浴びた洗濯物が好きなので、ついつい外で乾かしてしまうのだ。

何はともあれ、叔母のおかげで洗濯物の心配はなくなった。今日はマンションに泊まっていくようなので、夕食は何が食べたいか質問する。

すぐに返信があった。ポテトサラダとアジフライをご所望している。

今の季節だったらオニアジが旬か。だが、漁獲量の多い魚ではないので、スーパーにはまずないだろう。アジフライは冷凍ではなく、生のアジから作ったほうがおいしいのだが……。

叔母にそのことを伝えると、知り合いの魚屋さんに注文して、あったら届けてもらうという。ならば安心だ。

叔母とゆっくり過ごすのは久しぶりなので、楽しみである。

なんとか定時前に仕事を終わらせたので、あとは帰るだけだ。

終業のベルが鳴ったのと同時に、いそいそと鞄にスマホを入れていたら、背後から桃谷君が話しかけてきた。

「あれ、永野先輩、そんなに急いでデートですか？」

デートという言葉に反応し、山田先輩が振り向く。「デートか、いいなあ」と蚊の鳴くような声で呟いていた。

「桃谷君、声が大きい」

遠く離れた席にいる長谷川係長まで、こちらを見ていた。

「叔母が来ているの。夕食作るから、早く帰りたくて」

「ああ、叔母さんですか。そうなんですね。じゃあ、気を付けて。帰りは転ばないように」

「そんな、一日に何回も転ばないよ」

なんて思った瞬間がありました。あろうことか、その直後に会社のエントランスで盛大に転んでしまったドジな私――。

「ひゃあ!!」

しかも、大きな悲鳴つきで。

朝はよかった。まだ、杉山さんがいたから。今はひとりなので、ただただ恥ずかしいばかりである。

ぶちまけてしまった鞄の中身を回収していたら、声をかけられた。

「大丈夫ですか？」

そっと、目の前に手が差し出される。顔を上げると、二十代後半くらいの眼鏡をかけた柔和な印象の男性が心配そうに覗き込んでいた。

「あ、だ、大丈夫です」

手を借りずとも平気なのだが、親切心を無下にしてはいけない。ありがたく手を握って立ち上がる。

「外も雨で濡れているので、どうか気を付けて」

「ありがとうございます」

それだけ言って、男性はエレベーターホールのほうへと歩いて行く。

ゲスト用の入館証を首から提げていたので、外部のお客様なのだろう。スーツの着こなしも、なんだかオシャレだった。

社内の顔見知りでなかったのは、不幸中の幸いか。

心の中で手と手を合わせて感謝した。

と、ぼんやりしている場合ではない。早く帰って、叔母に料理を作らなければならない。

足下に気を付けて、慎重に帰宅することとなった。


帰った途端、叔母からの抱擁を受ける。

「お帰りなさい、遥香！　久しぶり」

「ただいま、織莉子ちゃん」

永野家の本家に行っていたようで、その帰りにここへ寄ったらしい。

「本家で何かあったの？」

「いや、前にホタテスター印刷で事件が起こったでしょう？　それについての詳しい説明をしろって、うるさかったから」

「それ、夏くらいにあった事件だけれど、どうして今なの？」

「仕事が忙しいって、言い訳して逃げていたから。お祖父《じい》ちゃんったら、夕刊で私の芸能界休業の記事を読んだみたいで」

「え、織莉子ちゃん、芸能活動をお休みするの？」

「ちょっとだけね」

「どうして？」

「なんだか、ゆっくり過ごしたくなったの」

「そっか。ずっと、忙しくしていたもんね」

「でしょう？　遥香とも、こうして一緒にいたかったし」

「織莉子ちゃん！」

ヒシッと抱き返したあと、ハッと我に返る。

「あ、私、さっき転んだんだった。ごめん、服が汚れたかも」

「ちょっと！　怪我《けが》をしたんじゃないでしょうね？」

「平気。慣れていない靴だったから、うっかり転倒してしまって」

「気を付けてよ。転倒が命取りになることだってあるんだから！」

「そうだね」

「お風呂沸かしてあるから、先に入っておきなさい。その間に私は、ジャガイモでも蒸《ふ》かしておくから」

「織莉子ちゃん、ありがとう。じゃあ、お言葉に甘えようかな」

ゆっくり浸《つ》かっていいと言われたが、体中にすり傷があってお風呂を堪能《たんのう》するどころではなかった。青あざの痛みばかり気にしていたものの、あちこち怪我していたようだ。

「うっ、痛たた！」

傷は清潔なのが一番の薬だろう。そう思って、痛みに耐える。

それにしても、本当に最近の不運はなんなのか。そんなに私は、長谷川係長とのお付き合いに対して浮かれているのか。

そんなつもりはないのだけれど……。

お風呂から上がってリビングのほうへと戻ると、談笑するジョージ・ハンクス七世とミスター・トムに気づいた。

「あ、ミスター・トムだ」

『マドモワゼル遥香！　久しぶりだね』

ミスター・トムは叔母織莉子と契約しているハムスター式神だ。シルクハットにステッキを持った姿で、英国紳士といったいでたちである。

ジョージ・ハンクス七世とは気が合うようで、今も仲良くハムスター用のパンをかじっていた。

義彦《よしひこ》叔父さんの式神ハムスター、マダム・エリザベスが帰ってしまったので、ジョージ・ハンクス七世も寂しかったのだろう。とても嬉しそうだ。

二匹を眺め、ほっこりしていると叔母から声がかかる。

「遥香、ポテトサラダ用のジャガイモ、蒸かし終わったよ。皮も剝《む》いたから」

「わー、ありがとう」

「遥香のポテトサラダ、食べたかったんだよね」

「どのタイプがいいの？」

「半熟卵が載っているやつ！」

「了解です」

私が作るポテトサラダには、いくつか種類がある。ひとつはカットした茹《ゆ》でジャガイモを潰さずにマヨネーズと和《あ》え、アンチョビを加えて仕上げに黒胡椒《こしょう》をかけたもの。もうひとつは潰したジャガイモにハムとキュウリ、ゆで卵を混ぜたスタンダードなもの。最後は潰したジャガイモに厚切りベーコンと軽く塩漬けしたキュウリにマヨネーズを和えて、半熟卵を載せたものだ。

「遥香、鮮魚店に注文していたアジも、さっき届いたから」

冷蔵庫を開けると、三枚下ろしになったアジが収められていた。非常にありがたい。今が旬のオニアジは、ゼンゴと呼ばれる棘状《とげ》の鱗《うろこ》があるため、マアジなどに比べて捌《さば》きにくいのだ。

「織莉子ちゃん、三枚下ろし、頼んでくれてありがとう。神かと思った」

「大げさね」

ご飯も炊いてくれていた。量からして、五合はありそうだ。たくさん食べるという意思の表れなのだろうか。頼もしい叔母である。腹ぺこだというので、頑張って作らなければならない。気合いと共に台所に立った。

まず、キュウリを小口切りにして塩に漬けておく。カットした厚切りベーコンは表面がカリッとするまで炒《いた》め、油を切ってマッシュしたジャガイモのほうへと入れた。

キュウリは水分が滲《にじ》み出《で》てひたひたになったら、しっかり洗って水分をしっかり絞る。ジャガイモに厚切りベーコン、キュウリにマヨネーズを混ぜる。レタスを広げた皿に盛り付け、仕上げに半分に切った半熟卵を載せたら完成。

この半熟卵は、コンビニで売っている味つきの物だ。味が濃い目なので、上から黒胡椒をかけるのはお好みで。

「織莉子ちゃん、ポテトサラダできたよ！」

「わーい、おいしそう！　これ、どこに行っても、食べられないのよね」

「そう言ってくれると作った甲斐《かい》があるなー」

「ありがとうね。遥香から聞いたレシピで作っても、同じ味にならないの」

「えっ、なんでだろう？」

「愛情の差かしら？」

「それだ！」

なんて答えると、叔母にぎゅーっと抱きしめられる。

「はー、癒やされる。やっぱり、お仕事よりも遥香との時間だわ」

「仕事と私、どっちが大事なの!?　ってやつ？」

「そうそう。断然、遥香！」

アジフライを作らなければと言うと、叔母は抱擁から解放してくれた。敬礼し、台所へと送り出してくれる。

さっそく、オニアジの調理に取りかかる。冷蔵庫から三枚下ろし状態の身を取り出した。

オニアジは一部地域で獲《と》れる大型のアジだが、まとまった数が取れないため、お店などで見かけるのは稀だろう。一部地域では、大きいマアジをオニアジと呼んでいるようだが種類は別である。特徴は、マアジよりも赤身がかった身だろうか。カツオに負けず劣らずの赤みがある。

マアジの旬は春から夏にかけてだが、オニアジの旬はまさに今。脂が乗りに乗っていて、おいしいだろう。

三枚下ろしの身を確認したが、血合い骨もしっかり取り除かれていた。すぐに調理できる状態にしてくれたのだろう。ありがたいとしか言いようがない。

分厚いオニアジの身に、塩、胡椒をパッパと振り、少しだけ置いておく。その間に、パン粉や卵をバットに用意する。

パン粉は一枚だけ残っていた食パンをミキサーにかけて、生パン粉を作った。

生パン粉は水分を含んでいるので、サクサクに仕上がる。

溶き卵をバットに流し込み、フライパンに注いだ油を温めた。

衣を付ける前に、ひと工夫。アジの身に大葉をくっつける。臭み消しの効果もあるが、食べたときに爽やかな香りがするのだ。

一応、大葉ありとなし、二種類作っておく。

オニアジの身に小麦粉をまぶし溶き卵に潜《くぐ》らせ、生パン粉を振って油の中へ。

大海原から油の海へようこそ。ジュワジュワ音を立てながら揚がっていくオニアジを見守りながら思う。

　パン粉がキツネ色になったら、油を切って網に上げる。

　お皿に千切りキャベツと彩りにミニトマトを添え、最後にアジフライを載せる。

「よし、できた！」

　冷蔵庫に作り置きしていた味噌玉《みそだま》にお湯を注いだ。その様子を、叔母が不思議そうに覗き込む。

「遥香、それ何？」

「味噌玉だよ」

「味噌玉？」

「手作りのインスタント味噌汁っていったらわかりやすいかな」

　大さじ一杯の味噌に、鰹節《かつおぶし》やネギ、乾燥わかめなどのちょっとした具などを混ぜてラップで包む。あとは味噌汁が食べたい時にお湯を注いだら、すぐに食べられる優れものだ。

「休みの日にまとめて作って、朝食とかに食べているんだ」

「へえ、便利ね」

　出汁《だし》から取った本格的な味噌汁には劣るものの、味噌汁飲みたい欲はしっかり満たされるのだ。

食事の準備が整った。叔母はご飯を大盛りに装《よそ》っていた。

「よし、食べよう！」

アジフライ用にソースと醤油《しょうゆ》、タルタルソースを用意してみた。叔母はソース派で私は醤油派である。

まずは、叔母が食べるのを見守った。

ソースをかけ、大ぶりのアジフライを箸で持ち上げる。

「すごいボリュームだわ」

「切り分けたほうがよかったね」

「大丈夫。このままかぶりつくのが一番なのよ」

さっそく、叔母はアジフライを頬張った。サクッと、いい音が鳴った。

「んん――！」

幸せそうな表情で食べてくれる。続いてビールをごくっと飲む。

「おいしい!!　遥香、最高のアジフライだわ」

「よかった」

あまりのおいしさに、お上品ではない食べ方をしてしまったと叔母は反省する。

「テレビの食レポじゃないんだから、好きに食べていいよ」

「そうよね！」

私も醤油をかけて食べてみる。大葉のほうからかぶりついた。

衣はサックサク。オニアジの身はふっくら。大葉の風味が豊かに香っていた。とってもおいしく揚がっている。

叔母はポテトサラダを食べ、世界一だと褒めてくれた。

「次はタルタルソースで——あ、そうだ。ポテトサラダをアジフライに載せてみたらどうだろう？」

「タルタルソースと同じマヨネーズ系だから、合わないわけはない……と思う」

早速試してみた。サクサクの衣に、たっぷりポテトサラダを載せる。叔母と同時に、パクリとかぶりつく。

「うっま!!」

叔母の言葉に、こくこく頷《うなず》く。

久しぶりに、叔母とふたりで賑《にぎ》やかに夕食を食べた。

食後、しばしまったりしていたら、叔母が「あ!!」と叫ぶ。

「織莉子ちゃん、どうしたの？」

「本家のお祖母様《ばあさま》から、遥香に渡すものを預かってきたの」

「え!?」

叔母の祖母、私にとっては曾祖母となるお方は御年九十歳。現役陰陽師だというので驚きだ。

親戚の集まりにも滅多に顔を出さず、私もこれまでに会ったのは二度だけ。父曰《いわ》く、陰陽師よりも怪異に近い、恐ろしい鬼婆《おにばば》という話だった。失礼な話である。

会話を交わした記憶もない曾祖母が、いったい何を託してくれるというのか。

叔母が桐《きり》らしき長方形の木箱を運んでくる。

「織莉子ちゃん、それ、もしかしなくても着物？」

「着物でしょうね」

「え、な、なんで!?」

「感謝の印って言っていたわ」

「か、感謝？」

「ホタテスター印刷の事件を、解決してくれたでしょう？」

「それは、私ひとりでどうにかしたわけではないのに……」

長谷川係長がいたから、なんとか解決の糸口を発見できたのだ。決して、私の手柄ではない。

「この着物を着てお出かけでもしたら、お隣さんも喜ぶから、結果的にはいいんじゃないの？」

「まあ、そうかもしれないけれど」

桐箱はテーブルの上に置かれる。いつまで経っても触れようとしないので、叔母が蓋を開いた。

「お祖母様のお古みたい」

それは京鹿の子の模様が美しい、総絞りの着物であった。色合いは淡藤色と言えばいいのか。上品な色合いである。

「こ、これ、高価な着物では？」

「お古だから気にすることないんじゃない。今回の事件を、本家の恥だって罵っていたから、解決してくれた遥香には感謝しているみたい」

「なんか、頑張りが報われた感があるかも。いや、頑張ったのは私でなくて、長谷川係長だけれど」

着物だけでなく、一緒に合わせる帯や羽織も入っていた。羽織は今からのシーズンにぴったりな、雪輪柄である。黒地に白く模様が抜かれる美しい一着だ。

「お祖母様、お耳が遠いみたいだから、葉書でお手紙でも書いてあげて。文字は大きめで」

「わかった」

「いつ着る？　デートに合わせて、着付けてあげるから」

「いやいや、悪いよ」

「気にしないで。どうせ暇だし」

「だったら、織莉子ちゃんが暇なときに、着物の着付けを教えてもらおうかな」

「いいわね。ビシバシ仕込んであげる」

「お手柔らかに、お願いします」

今、目の前にある着物で練習すると言いだしたので、全力で阻止した。

「私の着物でする？」

「織莉子ちゃんの着物は高価だからダメ！　今度、古着の着物を買ってくるから、それで練習しよう」

「まあ、遥香の好きな方法でいいけれど」

納得してくれたので、ホッと胸をなで下ろす。

食後は叔母が水果茶を淹《い》れてくれた。水果茶というのは、台湾風のフルーツティーである。専門店で水果茶セットを取り寄せてくれたようだ。

可愛《かわい》らしいパッケージに入ったティーバッグにお湯を注いで五分蒸らす。これに、冷凍した果肉バッグを入れて、さらに氷を追加して飲むのだ。太いストロー付きで、販売されているらしい。

「パイナップル＆パッションフルーツの水果茶ですって」

「へえ、おいしそう！」

透明の耐熱グラスの中で、フルーツが躍る。口に含むと、甘酸っぱくて爽やかな味わいが広がっていった。

「うん、おいしい」

「よかった」

お茶を飲みながら近況を報告し合っていたら、突然、叔母が長谷川係長について質問を投げかけてくる。

「そういえば、最近お隣さんとはどうなの？」

「仲良くさせてもらっているけれど」

「付き合っているんだよね？」

「うん、そうだよ」

ちょうど水果茶を口に含んだ瞬間、とんでもないことを聞いてきた。

「彼との結婚は意識してる？」

「――ッ!!」

危うく水果茶を噴き出しそうになる。寸前でごくんと飲み込めたけれども。

「な、なんで!?」

「純粋に、気になっちゃったから」

結婚については、長谷川係長のほうが意識しているだろう。交際を申し込むときだって、結婚を前提になんて言っていたし。

ただ、長谷川係長は鬼。私は陰陽師だ。果たして、上手くいくものか。

仮に両親は騙《だま》せても、親族の中にいる歴戦の陰陽師達はすぐに見抜くのではないか
……なんて考えている。

「この前、長谷川さんに両親を紹介してくれって言われたんだ」

「え、結婚秒読み!?」

「いやいや、ないないないない」

「あるあるでしょうが！」

「ないないない！　っていうか、やんわり断ったし」

「なんで!?」

「えーっと、なんでと聞かれましても。まだ付き合ったばかりだから、あまりにも早い気がして」

うちの両親も、叔母と同じく男性を紹介されたら即結婚だと勘違いしてしまうだろう。だから、また今度の機会にとだけ言ってある。

「え、待って。遥香にとって、お隣さんはキープ君なの？」

「織莉子ちゃん、キープ君って何？」

「夫候補よ！　より優秀な伴侶を得るために、自分の水槽に泳がしておく男の呼び方なんだけれど」

「水槽……。また、すごいことをする人がいるんだね」

「気持ちはわからなくもないわ。夫はとっかえひっかえできるものでもないし」

「うーん」

ひとまず、長谷川係長はキープ君でもなんでもない。ただの交際相手だ。それ以上でも以下でもない。

「遥香の同級生も、ちらほら結婚しているでしょう？」

「まあ、そうだね」

「自分も！　なんて思わない？」

「思わない、かな？」

　仕事は順調で、最近ようやくやりがいも感じてきた。私生活も充実しているし、可能であればこのままの状態をまだまだ維持したい。

「結婚したら自分の人生は自分だけのものではなくなるから、早くに結婚する必要もないかな、なんて思っているんだ」

「確かに！　そうだわ」

　結婚しても、自分の人生は自分のものだと貫き通す人もいるだろう。その辺の考えは人それぞれだ。

「わりと自分勝手な私ですら、結婚したら人生は自分だけのものではないって感じる瞬間ってあるわね」

「織莉子ちゃんは結婚しようが、自分の人生は自分だけのもの！　って主張するタイプだと思っていた」

「基本そうだけれど、行動の中に夫がいることが前提で進むときもあるから」

　たとえば夕食。急に誘われても、独身ならば問題ないだろう。けれども、家族がいたらそうもいかない。

「突然、こっちはイタリアン食べてくるから、そっちは自由に食べておいてって言われたら、いい気分はしないでしょう？」

「たしかに。家族のために夕食を用意していたら、がっくりくるかも」

「そうでしょう？」

食事に行くときは事前に決めて、予定を家族に伝える。思いつきで行動したら、迷惑をかけてしまうから。

「思えば、夫と暮らすよりも遥香と暮らしたほうが楽しいし、気楽なのよね。私はどちらかといえば晩婚だったけれど、それでも行動が制限されるって思った瞬間は一度や二度ではない気がする。他人と家族になるのって、かなりきついわ」

「でも叔父さんのこと、好きなんでしょう？」

「好き！　それは間違いない」

他人同士が集まって家族になるには、どれだけ相手を思いやれるかが重要なのだろう。家族だからと言って、一方的に甘えてばかりでは負担がかかってしまう。

「どうしても結婚しなければいけないってなった場合は、別居の週一婚とかでもいいかも」

「遥香、それ最高じゃない」

「でしょう？」

それぞれの家で生活し、週に一度、家族になる。そんな関係だったら、気楽かもしれない。

「でもまあ、ある程度独身生活を堪能したら突然結婚したい！　って心変わりするかもしれないし」

「遥香は完全に結婚願望がないわけではない、と」

「うん。いつかは結婚したいな、とは考えているよ」

「なるほど」

久しぶりに、叔母とたくさん話したような気がする。

楽しい時間はあっという間に過ぎていった。

◇　◇　◇

翌日――私は真っ青になったパソコン画面の前で頭を抱えていた。
入社して一度も見たことのないようなエラー画面である。きっと、私の顔色も同じ色だろう。間違いない。

　山田先輩がパソコン画面を覗き込み「あちゃー」と言って、パソコンの電源をブツンと切った。

「え、待っ、仕事！　保存してなかったです！」

「永野、諦めろ。あの状態からの回復は無理だ。残業は付き合ってやるから」

「えええええ、そんな！」

「気にするな。杉山も協力するし」

「ちょっと山田先輩、勝手にメンバーに入れないでくださいよ」

「お前、これまでどれだけ永野に世話になったと思っているんだよ」

「杉山さん、今日は歯医者に行く日なんですって」

「だったら仕方がないか」

　通りかかった桃谷君が、興味津々の表情でこちらへやってくる。

「永野先輩、どうしたんですか？」

「画面がフリーズしたの。データを保存する前に」

「うわー、お気の毒に。会社のパソコン、古いからたまに妙なエラー起こすんですよね……」

「ね……」

ご家族が待っている山田先輩を、残業に付き合わせるわけにはいかない。これからフルパワーで頑張らなければいけないだろう。

そう考えていたら、桃谷君が何か含んだような笑みを浮かべながら提案してくる。

「永野先輩、お手伝いしましょうか？」

「気持ちだけ受け取っておく。ありがとうね」

「えー、せっかく恩を売るいい機会だったのに」

「そんなことだろうと思っていたよ」

その後、私は驚異の集中力を発揮し、一時間の残業で仕事を終わらせた。さあ帰ろうかというときに、長谷川係長からのメールを受信する。

夕食、何か食べに行く？　というシンプルな提案だった。すかさず喜んでと返した。

食べたいものを聞かれたので、天ぷら蕎麦《そば》と答える。了解とだけ返信があった。

そのあと、会社から少し離れたコンビニの前で落ち合う約束をした。

外に出ると、北風がピューピュー吹いていた。十一月も半ばとなると、冬の気配が濃くなる。朝、コートを引っかけてきて大正解だった。

足早に、目的地を目指す。

会社の外へ一歩踏み出した瞬間に、鞄の中にいるジョージ・ハンクス七世から注意を受ける。

『遥香、転ぶんじゃないぞ！』

「う、うん。気をつける。ありがとうね」

ここ最近、ドジばかり踏むので三歳児並みの注意を受けているような気がする。これ以上何も起きませんようにと、願う他ない。

時間ぴったりだったが、長谷川係長のほうが先に到着していた。

すれ違う女性のほとんどが、長谷川係長を振り返る。その気持ちは大いに理解できる。同じフロアにいても、視界の端で通りすぎたとき「今とてつもないイケメンが通ったような……!?」と思ってしまうのだ。未《いま》だに、長谷川係長の麗しい顔面に慣れていないのである。

「すみません、お待たせしました」

「大丈夫。俺が時間より早く到着しただけだから」

これが大人の余裕……！　憧れてしまう。

「パソコン、フリーズしたんだって？」

「ええ。青空よりも澄んだ青を見せてくれました」

「憎たらしくなるよね」

「まったくです」

長谷川係長は手を貸そうと思っていたようだが、私が鬼気迫る様子だったので声をかけられなかったという。

「なんか、誰の手も借りないで挽回《ばんかい》してやるって気迫がすごくて」

「ミスで他人に迷惑かけたくないんですよね」

「パソコンの不調は永野さんの責任ではないよ」

「でも、こまめに保存していたら、ここまで時間はかからなかっただろうなって思いまして」

一年の間に一度か二度しか作らない請求書を、普段使わないソフトで作成していたのが仇《あだ》となったのだろう。もう二度と同じ間違いはしない。自動保存システムを、オンにしてから仕事を始めることを心に誓った。

「永野さん、頑張ったご褒美として、蕎麦をたくさん食べていいからね」

「ありがとうございます」

そんなわけで、長谷川係長の行きつけだという蕎麦屋さんにたどり着く。

雷門の目と鼻の先にある、幕末に創業したという蕎麦処《どころ》。ガラスケースには、おいしそうな食品サンプルがずらりと並んでいた。

観光客はもちろんのこと、浅草の地元民にも深く愛されている蕎麦屋さんらしい。

「肌寒い日の外回りは、絶対にここで蕎麦食べて帰るって考えながら仕事をするんだよね」

「長谷川さんでも、そういうの考えるんですね」

「何を目標に仕事を頑張っているって思っていたの?」

「そ、それは」

思わず、明後日《あさって》の方向を向いてしまう。長谷川係長の夜は、もっと華やかなイメージがあったから。

「また、六本木の夜の街に消えるとか、考えていないよね?」

ドンピシャな発言に、噴き出してしまった。

「永野さん……」

「ご、ごめんなさい!」

「言っておくけれど、六本木にはほとんど行かないから。接待も含めて」

「はい。しっかり記憶しておきます」

そんなことを話しながら、店内へと入る。注文したのは天ぷら蕎麦をふたつ。

なんと座席は七十以上もある大きな蕎麦屋さんだ。お昼は観光客も多くなり、行列ができるらしい。

「昼間は、この辺りは近寄らないな」

「ですねえ」

わくわくしながら天ぷら蕎麦の到着を待っていたら、長谷川係長から思ってもみないことを指摘された。

「永野さん、誰かに呪われているんじゃない？」

「え!? ど、どうしてですか？」

「いや、最近不幸に襲われすぎているから」

「私の不注意ゆえのトラブルだと考えていました」

「そんなわけない」

呪いを受けていたら、私自身から大量の邪気を発しているはずだ。けれども、邪気は気配すらない。長谷川係長にも見えないという。

「呪いではないようだけれど、呪いとしか思えないんだよね」

「うーん」

確かに、改めて考えてみると、私のこれまでの人生はここまで不運続きではなかった。ここ半月くらいの短い期間で、ひとつひとつは小さなトラブルであるものの、おかしな出来事にばかり襲われている。

「一応、これ、常に持ち歩いていて」

長谷川係長が胸ポケットから取り出したのは、お守りだった。

「お守りに大丈夫って、刺繍《ししゅう》されています」

「浅草神社の大丈夫守だよ」

あらゆる悩みや心配事がなくなり、心穏やかに過ごせるようなお守りらしい。午前中は外回りだったので、昼休みに立ち寄ったのだとか。

「最近、永野さんの周囲で変なトラブルばかり起きているから、なんだか気がかりで。神頼みっていうのも、情けない話だけれど」

「いいえ、そんなことないです。この大丈夫という文字を見ていたら、私の人生大丈夫そうな気がしてきました！」

前向きさを全面にアピールしたつもりだったが、長谷川係長は眉尻を下げてため息を落とす。

「永野さん……あっさり信じすぎて、誰かに騙されないか心配になってきた」

「どうしてそうなるんですか」

長谷川係長は私に関して心配しすぎる傾向にある。大丈夫、平気だと言えば言うほど不安を覚えるようだ。

「そうだ。永野さん、酉《とり》の市《いち》に行こう」

「酉の市って熊手を売っている、商売繁盛のお祭りですよね？」

「そう」

商売を生業《なりわい》にする人達向けのお祭りだという印象が強いが、そうではないと長谷川係長は言う。

「酉の市は、新年の幸運を祈願するお祭りなんだよ」

浅草生まれ、浅草育ちなのに知らなかった。

酉の市が開催される日は、おいしいものを求めて出店のある辺りをうろつくだけだったような気がする。

「まさか、商売繁盛以外にもご利益があったなんて」

なんでも、熊手は二種類販売されているらしい。

「福をかき集める熊手型に、繁盛を願うます型」

「熊手のほうが、商売繁盛のイメージがありました」

「商売人は、ますだね」

「詳しいですね」

「永野さんのおかげでね」

私があまりにも不幸にまみれているので、何か厄除《やくよ》けできるような祭りがないかと調べてくれたようだ。

「酉の市では、『鷲舞《おおとりま》ひ』という、邪気祓いの舞も奉納されるらしい」

「福と邪気祓い。今の私に、うってつけのお祭りというわけですね」

「そう」

酉の市は十一月の酉の日に開催される。

ちなみに酉の日というのは日にちに十二支を当てはめて、酉が回ってきた日を呼ぶらしい。

十一月の初めに開催される酉の日は『一の酉』、二番目は『二の酉』、三番目は『三の酉』というのだとか。ただ、三の酉は毎年あるわけではない。

「平成三十年――今年は『一の酉』は一日、『二の酉』が十三日、『三の酉』が二十五日だね」

「次は二十五日、日曜日ですね」

「ちょうどいいでしょう？」

「はい」

日曜日に酉の市へ行くこととなった。

酉の市は日付が変わるのと同時に、開始となるらしい。そんなわけで、二十五日の鷲舞ひが奉納される夜に挑む。

「あ、そうだ。私、先日祖母に着物をもらったんです。着ていきますね」

二十五日の夜ならば、行きつけの和裁店『花色衣《はないろころも》』さんで着付けの予約ができる。叔母に着付けを習う約束をしていたものの、酉の市までには間に合わないだろう。

「だったら俺も、久しぶりに着物を着ようかな。実家から置き場所がないって送ってきてね」

「成人式の着物か何かですか?」

「いや、大学時代のバイト先で貰《もら》ったやつなんだけれど、今のシーズンだったらちょうどいいかなって思って」

なんと、学生時代の長谷川係長は呉服店でアルバイトしていたらしい。こんなカッコイイ和装姿の店員さんがいたら、毎日通ってしまいそうだ。

「お待たせいたしました。天ぷら蕎麦です」

大きなエビが二尾も載った天ぷら蕎麦が運ばれてきた。あまりの大きさに、どんぶりからはみ出ている。

「わあ、おいしそう！」

「食べようか」

「はい！」

まずは蕎麦から。ツルリとしたのど越しのいい蕎麦である。カツオの出汁がしっかり利いていた。うん、おいしい。続いて、エビ天をいただく。箸で持ち上げるのも大変なくらい、大きなエビだ。手で支えきれなくなって震える前に、ぱくりとかぶりつく。衣はサクサクで香ばしい。身は驚くくらいプリプリだ。しばし、幸せな気分に浸る。空腹状態だったので、一言も喋《しゃべ》らずに黙々と食べ続けた。

「はあ。おいしかったです」

「やっぱり寒い夜は蕎麦だよね」

「まったくです」

温まった体で、再び夜の街に出る。蕎麦を食べて火照《ほて》った体に、冷たい空気が心地よかった。

◇　◇　◇

日曜日の午後――これから、着物を着付けてもらう。なんとか予約できたのだ。

夜は酉の市だ。行くのは幼少期以来なので、とても楽しみにしていた。

ちなみに、酉の市の会場周辺は永野家の中でも実力者が見回りを務めている。観光客が多く集まる場所は、邪気が濃くなるからだ。おそらく、本日も永野家の陰陽師が派遣され、警戒態勢でいるだろう。

『おい、遥香。ぼんやりして、時間は大丈夫なのか？』

「あ、おっと！　行かなきゃ。ジョージ・ハンクス七世、行ってくるね」

『おう、行ってらっしゃい』

ジョージ・ハンクス七世に見送られながら、急いで家を出る。着物が収められた桐の木箱と共にタクシーに乗り込み、『浅草和裁工房　花色衣』を目指した。

町屋風の外観のお店にたどり着く。ショーウィンドウには椿《つばき》柄の美しい着物が展示されていた。しばし、うっとりと見とれる。

お店の扉が開き、ひょっこり顔を覗かせたのは従業員の白河《しらかわ》さん。

「永野様、いらっしゃいませ」

「こんにちは」

顔を見合わせ、照れ笑いをする。白河さんとはお久しぶりではない。一昨日《おととい》、一緒に古着の着物を買いに行ったのだ。

先日花色衣さんに着付けの予約をするついでに、古着の着物販売をしているのか問い合わせたのがきっかけである。

花色衣さんは古着の販売はしていなかった。私が電話口で落胆したのが伝わってしまったのか、電話の対応をしてくれた白河さんが、浅草にある着物の古着屋さんを案内しようかと提案してくれた。

そこまで甘えてしまっていいものか。悩んだものの、白河さんも着物の古着を買いに行くというので、同行させていただいた。

着物の古着を扱うお店は、安い物は千円から取りそろえており、小物も充実していた。私は着付けの練習用の着物と帯、帯締めを購入する。

自宅で洗濯できる着物を希望したら、ポリエステル製の生地でできた一着を発掘してくれた。洗濯ネットに入れて、丸洗いできるのがありがたい。

貰った着物の着こなしについても相談に乗ってくれた。

曾祖母から賜ったのは、私には渋すぎる総絞りの着物だ。似合うのか不安だった。スマホにある着物の画像を見せたところ、現代のテイストと合わせて着こなすのはどうかと提案してくれる。

ベレー帽を被《かぶ》ったり、イヤリングを合わせたり、手にレースの手袋を嵌《は》めたり、足下をブーツにしたり。

前回、ほおずき市に行ったとき、草履で足を痛めてしまったので、ブーツを履いていく案はいいかもしれない。

着物を買ったあと、デパートへと移動して着物に合いそうな小物を購入した。

そんなわけで、本日はいつもと違うコーディネートに挑戦してみるのだ。

一時間ほどかけて着物を着付けてもらい、着物用のメイクを施した。

ここからが、現代風のアレンジである。

先日白河さんと一緒に選んだのは、ベレー帽とイヤリング、それからレースの手袋だ。ブーツは家にあったのを持参している。

ベレー帽の邪魔にならないよう、髪はサイドで三つ編みにしたものをシニヨンに結い上げた。帽子はズレないように、ピンで固定する。

イヤリングは、着物に似合うようつまみ細工で作られたダリアだ。

心配になって耳に触れていたら、白河さんにどうしたのかと聞かれてしまった。

「私、あまりイヤリングを付けなくて。似合っているか、不安になったんです」

「とてもお似合いです。ダリアの花言葉は『優雅』と『気品』なのですが、まさにその言葉通りかと」

「白河さん、上手いですね」

「本心を述べただけなのですが」

最後にブーツを履き、姿見で確認させてもらった。

「わ、いい感じです！　可愛い！」

可愛いのは私自身ではなく、着物と白河さん考案のコーディネートだ。

私にはまだ早い着物で、やぼったくなるのではと思っていたが、帽子やイヤリング、ブーツのおかげでしっくりきていた。

「白河さん、ありがとうございました」

「いえいえ。西の市、楽しんできてくださいね」

「はい！」

白河さんと別れ、タクシーで帰宅する。時刻は十七時過ぎ。約束の時間は一時間後だ。着物を崩さないよう、一挙一動に注意しないといけない。

ジョージ・ハンクス七世はスライスしたリンゴを囓《かじ》りながら、祭りの楽しみ方を伝授してくれた。

『いいか、遥香。とにかく、人混みの中は注意が必要だ。わざとぶつかってくる奴がいるかもしれない』

「うっ、そうだよね」

最近、駅の構内で女性を狙ってぶつかってくる人の話を耳にする。あの杉山さんも標的になっていたという。相手は小柄な男性で、身長が百七十近くある杉山さんにぶつかってきたらしい。だが、体幹が強い杉山さんはおじさんを弾《はじ》き返したようだ。よろけもしなかった杉山さんは、すぐさま「ちょ、おじさん。今、わざとぶつかったでしょう!?」と冷静に指摘した。おじさんはなんと、焦った表情で逃げていったという。

『これについての対策は、般若《はんにゃ》の面持ちで居続けることに尽きるな』

「それ、杉山さんが言っていた対策じゃん」

きっちり警察に通報したようだが、それでも怒りは収まらなかったらしい。これから駅を歩くときは常に般若の面持ちで、肩で風を切りながら闊歩《かっぽ》すると宣言していた。

『遥香、般若の面持ちをしてみろ』

「え、難しい……。こ、こう?」

『違う。それは、ひょっとこの面持ちだ』

「ジョージ・ハンクス七世、笑わせないで。私、真面目にしているんだから」

『同じ言葉を返す。ひょっとこの面持ちは今すぐ止めろ』

我慢しきれなくなって、ジョージ・ハンクス七世と爆笑してしまったのは言うまでもない。まるで三歳児に聞かせるような祭りの楽しみ方についての講義は、出発直前まで続いた。

今日は巾着の中に、ジョージ・ハンクス七世を忍ばせている。

『もしも、遥香にわざとぶつかってくる男がいたら、俺がぶっ飛ばすから』

「ジョージ・ハンクス七世、ありがとう。でも、ほどほどにね」

『任せておけ！』

今日は冷え込むらしいので、しっかり羽織を着込む。集合時間三分前になったので、玄関を飛び出した。

長谷川係長はすでに私を待ち構えていたようだ。

「お待たせいたしました――ウッ、眩《まぶ》しい！」

久しぶりに見る長谷川係長の着物姿は、光り輝いているように見えた。もちろん、本当に光っているわけではないが。

書生風のシャツの上に朽ち葉色の着物を着込み、灰色にほんの少し緑がかった色合いの袴《はかま》を合わせていた。

「永野さん、今日のその恰好《かっこう》、すてきだね」

「ありがとうございます。長谷川さんも、涙が出そうなくらい似合っています」

「そうかな？」

「はい。自信を持ってください！」

私があまりにも大げさに言うものだから、若干困っているようだ。なんだか初めて見るような反応で、新鮮である。

長谷川係長は苦笑しつつ、手にしていた黒い羽織を着込んだ。

「えっ、もしかしてそれ、とんびコートですか⁉」

「そうだけれど、よく知っていたね」

「この前、花色衣さんで見かけたんです！」

とんびコートというのは、ケープとコートが合体したような和洋折衷な外套《がいとう》だ。オーダー品で、最近はあまり流通していないと白河さんは話していた。

「写真、撮ってもいいですか？」

「永野さんも撮っていいのであれば」

「どうぞご自由に」

私はダブルピースをして手早く撮ってもらう。巾着の中から『ポーズが一昔前だな……』というジョージ・ハンクス七世の指摘《つっこみ》が聞こえたものの、無視した。長谷川係長のほうはさすがと言えばいいのか。マンションの廊下に立っていても、すばらしく絵になる。

同じ階に私と長谷川係長以外の住人がいないため、撮影会は私が満足するまで行われた。すべて普段使いとは別のフォルダに保存しておく。こうしておいたら、他の人に画像フォルダを見られたときも安心である。

長谷川係長は真剣な面持ちで、撮影した私の写真を確認していた。

「あの長谷川さん、可愛くないやつは消してください」

「いや、全部可愛いから、どうしようと思っていたんだよね」

「本気か冗談かわからない発言は、お控えいただけると嬉しいです」

「全部本気なのに」

待ち受けにしていいかと聞かれたので、絶対に止めていただくようお願いしますと頭を下げたのだった。

「そういえば、呉服店のアルバイトは和装だったんですか?」

「基本的にはね」

「へえ、長谷川係長の接客って想像できないです」

「やってみようか？」

「お願いします」

一瞬で、長谷川係長の目つきが変わった。柔和な微笑《ほほえ》みを浮かべて一言。

「いらっしゃい。今日は何にしはります？」

きゃ――！　という叫びをぐっと呑み込んだ。着物姿での京都弁は、長谷川係長のすてき度を表す数値が空の向こう側まで跳ね上がってしまう。

「どうかな？」

「お店にある商品、全部くださいって言いそうになりました」

「シンプルに破産するよね」

「呉服店ですもの」

お喋りはこれくらいにして、そろそろ出発したほうがいいだろう。

「あ、そうだ。永野さん、これ」

長谷川係長が懐から取り出したのは、お札がびっしり貼られた細長い包み。血のような赤で呪文が書かれていたのでぎょっとする。

「な、なんですか、それは」

「水晶短剣。実家に送って、爺《じい》さま衆に詳しく調査してもらったんだ」

それは以前、長谷川係長の胸を突き刺し、鬼の記憶を封じてしまった聖具である。

思いだしただけでもゾッとする。私の意思とは関係なく、長谷川係長を刺してしまったのだ。

「永野さんの叔父さんの式神ハムスター、マダム・エリザベスが調べたとおり、エクソシストが悪魔祓いで使っていた道具みたい。鬼の力を封じるのに有効だから、永野さんが持っていたほうがいい」

差し出された水晶短剣であったが、体が受け取りを拒否している。二度と触れたくないと思っていたのだ。

「永野さん」

「いらないです。こ、怖いので」

「わかった。ひとつ、お願いしてもいい？」

「私が水晶短剣を使うことと、長谷川係長がご自身に使うこと以外ならば」

長谷川係長はこくりと頷く。いったい何を約束するというのか。ドキドキしながら言葉を待つ。

「これは鬼を前にした女性にしか引き抜けないものらしい。だから、もしも俺が使う機会が訪れたさいは、鞘《さや》から引き抜いてほしいんだ」

「私が握ったら、前みたいに問答無用で長谷川さんを突き刺してしまうのでは？」

「大丈夫。次はそうならないように、お札を貼っているから」

ただ、この水晶短剣を使う機会という言葉が気になる。

「あの、具体的にはどういうときに使用するのでしょうか？」

「鬼と対峙したさいとか」

「あ、ああ……！」

長谷川係長以外にも鬼はいる。鬼の謂《い》われが伝わっているのは、京都だけではないのだ。

「類は友を呼ぶって言うから、この先、鬼に狙われる機会があるかもしれないでしょう？」

「た、たしかに」

私が鞘から短剣を引き抜き、長谷川係長が鬼に刺す。役割を決めておいたら、急な襲撃のさいにも慌てずに対応できるだろう。

「そんなわけで、これは俺が持っていていい？」

「はい、お任せします」

水晶短剣は長谷川係長が所持することとなった。

「さて、行こうか」

「はい！」

本来の目的である、酉の市を目指した。

浅草の酉の市というのは鷲《おおとり》神社と道路を挟んだ先にある長國寺《ちょうこくじ》で行われる、新年の幸運を祈願するお祭りだ。

その昔、鷲神社と長國寺はひとつだったようだが、明治時代に発した神仏分離令によって神社とお寺に分かれたらしい。

浅草の酉の市は神社とお寺、両方の神仏からご利益を賜ることができうる珍しいお祭りである。

鷲神社に祀《まつ》られている神様は、『天日鷲命《あめのひわしのみこと》』と『日本武尊《やまとたけるのみこと》』。長國寺には『鷲妙《わしみょう》見大菩薩《けんだいぼさつ》』を安置しているという。

共に、『おとりさま』の名で親しまれているようだ。

そんな『おとりさま』にご利益をお願いできる酉の市は、江戸時代から行われる伝統的なお祭りで、浅草には毎年七十万人もの人々が訪れるらしい。夜にやってくるのは、もちろんはじめて。鷲神社にはずらりと何段にも並んだ提灯《ちょうちん》が飾られ、夜の神社を明るく照らしていた。

「わー！　きれい」

この世のものとは思えない、幻想的な光景である。ただ、ゆっくり見とれている場合ではなかった。

見渡す限りの人、人、人！

長谷川係長が私の手を握り、誘導してくれる。

「永野さん、傍《そば》に寄って」

「十分、寄っている気がしますが」

「もっと近くに」

私が人にぶつかって、吹き飛ばされそうで心配だという。ジョージ・ハンクス七世が入った巾着は、人混みに押しつぶされないよう胸の前で握っている。

一歩、一歩と進むにつれて、人の密度が上がっていく。最終的に、長谷川係長は私の肩を抱くような形で歩き始めた。

鳥居を潜り抜け、境内へと足を踏み入れる。そこには、熊手を売る店が隙間なく並んでいた。熊手がよく見えるよう、ライトアップされている。ひょっとこが飾られた熊手を発見し、笑いそうになった。

「永野さん、よそ見しながら歩いていたら危ないよ」

「は、はい」

すぐ近くで、手締めが始まったので驚く。威勢のいいかけ声と手拍子は、これぞ酉の市といったところか。

熊手を気にしている場合ではなかった。まずは、鷲神社と長國寺の『おとりさま』にお参りをするらしい。

鷲神社の本殿の前にも提灯があり、圧倒されるようだった。

やっとのことで順番が回ってくる。お賽銭《さいせん》をそっと差し入れて、二礼二拍手一礼をしたのちに、心を込めて祈りを捧《ささ》げた。

次は長國寺へ……と考えていたところで、長谷川係長が社務所のほうを指し示す。

木製らしき大きなお多福が、どん！　と鎮座していた。

人だかりができていて、皆ペタペタと手で触れている。

「あれ、なんですか？」

「なでおかめ、だって」

長谷川係長がスマホで調べた情報を教えてくれた。

なでおかめというのは、おかめに触れてご利益を得るというものらしい。

おでこを撫《な》でると賢くなり、目を撫でたら先見の明が発揮され、鼻を撫でたら金運上昇、左頬は健康、右頬は恋愛が叶《かな》う、口を撫でたら災いを防ぎ、顎から時計回りにくるりと撫でると物事が丸く収まるという。

「永野さん、口がいいかもしれないね」

「長谷川さんはどこにしますか？」

問いかけたら、なぜか私をよしよしと摩《さす》る。

「私、なでおかめじゃないんですけれど」

「いや、なんか御利益ありそうで」

「ないです」

なでおかめの行列に並ぶ。順番が回ってきたら、私は素早く口を撫でた。長谷川係長はなぜか恋愛成就の右頬を撫でる。

人混みから離れたあと、質問してみた。

「あの、長谷川さん。なんで恋愛成就なんですか？」

「恋も愛も永遠だという保証はどこにもないからね。神頼みしたくなったんだよ。いまだに永野さんと本当に付き合っている状態なのか、不安になるときがあるし」

「なんでですか」

「千年も待った鬼の記憶が、そうさせているのかもしれない」

胸が切なくなってしまう。大丈夫、心配はいらないと、長谷川係長の手をぎゅっと握って安心させるように言った。

「あ、熊手の札を買わないと」

「そんなものまであるんですね」

開運と商売繁盛のご利益がある『かっこめ』と呼ばれる熊手型のお札が、鷲神社で授与されるようだ。

無事、かっこめを入手する。恩恵がありますようにと、祈りつつ手にした。

続いて、長國寺の『おとりさま』も拝みに行く。

長國寺のおとりさまは、酉の市の日にしか御開帳されないらしい。ありがたや、ありがたやと思いながら手と手を合わせる。

お参りが終わったら、縁起物である熊手を入手するための吟味が始まった。

「たくさんあるので迷いますね」

「最初の年は、小さな物から買えばいいらしいよ」

小さなものから大きなものへ買い換える理由は、去年よりも大きな幸せを呼び込むと伝わっているからだとか。

熊手に飾られた縁起物にも、ひとつひとつ意味があるという。

「鯛《たい》はめでたい、馬は逆から読むとまうだから、物事が舞うように上手くいく、ふくろうは不苦労と漢字を当てはめる」

「いろいろあるんですねえ」

真剣な眼差《まなざ》しで見つめていたら、熊手売りのおじさんに話しかけられた。

「お嬢さん、どんな熊手を探しているのかな？」

「あ、えっと、ここ最近不幸続きでして、福を呼び込みたいなと思っているんです」

「もしかして、酉の市は初めて？」

「はい」

「そうかい。だったらこれだな」

おじさんが差し出してくれたのは、お猿さんが乗った熊手だ。大きさはフォークより一回り大きいくらいか。初めての熊手としては、ちょうどいいサイズだろう。

「お猿さん、ですか？」

「ああ、そうだよ。猿は不幸が去る、困難が去るって意味があるんだ。どうだい？」

「ぴったりですね！　ありがとうございます。これにします」

「よし！　景気よく手締めをしようか」

初めての熊手を祝して手締めをしてくれるようだ。周囲のお店を見るからに、普段は大きな熊手を買った人にしかしないのだろう。ご厚意をありがたく思う。

お店のおじさん達が集まり、「よぉー!」というかけ声に合わせて手拍子する。隣にいたおじさんが「それ!」と元気のいい合いの手を入れてくれた。周囲にいる人達も、一緒に手拍子をしてくれた。なんだか嬉しい。

ここ最近の憂鬱が吹き飛んでしまうような、小気味よいひとときであった。

最後に深々とお辞儀して、お店から去った。人混みから少し離れた場所に移動し、ホッとひと息つく。

「永野さん、よかったね。いい熊手が見つかって」

「そうですね。まさか猿が、今の私にぴったりだとは思いませんでした」

デフォルメされた、真っ赤な顔の可愛らしいお猿さんである。巾着の中に入れるため、口を開いた。ジョージ・ハンクス七世が、手を広げて待っている。持ってくれるのだろう。

「ジョージ・ハンクス七世、熊手、よろしくね」

『おう、任せろ!』

熊手を受け取ったジョージ・ハンクス七世は、持つというよりも抱きつくといった感じだった。一緒に入れてあるお菓子も食べてねと声をかけてから、口を閉じた。

巾着に熊手が完全に収まるわけがなく、お猿さんがいる先端部分だけ出ている状態となった。これはこれで可愛い気がする。

「そろそろ、鷲舞ひの時間かな」

「ですね」

鷲舞ひは、一月七日、二月の節分、十一月の酉の市にのみ奉納されるらしい。今日は今年最後の鷲舞ひというわけだ。

鷲神社の瑞鷲渡殿《ずいしゅわたりでん》で披露されるようで、すでに人だかりができていた。

参拝客が行き交う場所でもあるので、人口密度が非常に高い。あまり近づいては危ないだろうとのことで、遠く離れた場所から鷲舞ひを見物する。

「ちょっと場所取り失敗したかな」

「大丈夫です。きっとご利益は平等でしょうから」

「なるほどね」

鷲の仮面を被った三番叟《さんばそう》姿の舞い手がやってきた。

太鼓の音に合わせて勇ましく舞ったり、槌《つち》のようなものを持ち出して振り回したり、神楽を舞うときに手にする鈴やおかめの熊手を握って舞ったりと、さまざまな方法で邪気を祓っていく。

心が浄化されたと言えばいいのか。神聖な気持ちになっていった。

「今度は、昼間の鷲舞ひを見てみたいね」

「ですね。また、違って見えるような気がします」

長谷川係長と手を繋ぎ、鷲神社の境内から外に出る。

参道に面する通りには、屋台が並んでいた。境内に負けず劣らずの人出である。

驚くなかれ。屋台の出店数は六百以上もあるらしい。小さい頃はこの屋台を目的に、酉の市に遊びに来ていた。

「ここもすごいね」

「えーっと、どうします？」

「たしか、縁起を担いだ食べ物があったような」

「それは気になりますね」

「挑戦してみる？」

「はい！」

そんなわけで、私達は再び人混みへ挑んだ。

たこ焼きや焼き鳥、リンゴ飴《あめ》にチョコバナナ、焼きそばにお好み焼きなどなど、お祭りの定番がここぞとばかりに並んでいる。

その中でも、酉の市限定の縁起物を購入しよう。

まずは、『切山椒《きりざんしょ》』と呼ばれる、山椒《さんしょう》が利いた餅のお菓子を入手した。ここでは食べられないので、お持ち帰りである。

切山椒は来年の無病息災を願うものなのだとか。帰宅後、ぜひとも堪能したい。

もうひとつは、『八頭《やつがしら》』というサトイモの一種。調理されておらず、そのままのサトイモだ。

別名『頭《とう》の芋』とも呼ばれ、出世できるおめでたい縁起物として扱われている。サトイモは多くの芽を出すことから、子宝にも恵まれると言われているらしい。煮込むとほっくりとした食感となり、おいしくいただけるようだ。

「長谷川さん、八頭、買って帰りますか？」

「出世も子宝も、今のところ興味ないよ」

「まあ、そうですよね」

子宝と聞いて、杉山さんが話していた『アステカ法』を思いだしてしまう。

「永野さん、どうかしたの？」

「いや、とんでもない出産方法が過《よぎ》ってしまい」

「何それ？」

「壮絶過ぎて、私の口からは話せません」

「まあ、出産は壮絶だよ」

「その通りです」

産んで育ててくれた母には、感謝しかない。

「永野さん、あっちのほうに居酒屋みたいな屋台があるけれど、どうする？」

「うーん。この人の多さの中では、座ってもゆっくりできそうにないです」

「だったら、いくつか食べ物を買って、家で食べようか？」

「それがいいです！」

そんなわけで、目に付いた食べ物を買いまくった。

戦利品を抱え、ホクホク気分で夜の町を歩いていると、建物と建物の間にもぞりと動く物体を発見してしまった。

並んだふたつの目だけが、暗闇の中でキラリと光っている。

「あれは――」

「永野さん、どうかした？」

「邪気を纏《まと》う怪異です」

「あ、本当だ」

弱っているようで、私と目が合っても動こうとしない。可哀想《かわいそう》に。

この祭りの人混みで、邪気にあてられてしまったのだろう。

買い物袋の中から、たいやきを取り出す。それに、甘味祓いをかけた。

しゃがみ込んで、地面に置く。

「たんとお食べ。楽になるから」

一歩、二歩と離れると、怪異はたいやきのほうへと歩み寄る。

チラチラとこちらを気にしているようだった。僅かに目を逸《そ》らした瞬間、はぐっとたいやきにかぶりつく。そのまま回れ右をし、逃げていった。

一瞬、姿が街灯に照らされる。たぬきの姿をした怪異のようだった。

「あれは、豆だぬきかな？」

長谷川係長がぽつりと呟く。豆だぬき――化けを得意とする怪異である。東京で目撃されるたぬきの三分の一は豆だぬきだ、なんて話を聞いた覚えがあったが、実際に見かけたのは初めてだった。

「ちょっと可愛かったですね」

「そう？」

会話をしつつ、家路に就いた。

帰宅は二十二時前。時間が過ぎるのは早い。長谷川係長は一度帰って、シャワーを浴びるらしい。着物姿とはおさらばだ。

すぐに、ジョージ・ハンクス七世をケージに戻す。

「付き合ってくれてありがとう」

『いいってことよ』

熊手は和室にある神棚の傍に置いておく。御利益がありますようにと、改めて祈りを捧げた。

私もシャワーを浴びた。着物の帯が若干苦しかったので、解放された気分になる。

化粧は落としてしまった。どうせ、化粧した顔と素顔はそう変わらない。無駄な抵抗に時間を割くよりも、部屋をきれいにしたかった。

パジャマはどうかと思ったので、パーカとジーンズを着た。マダム・エリザベスが見たら怒られそうなラフ過ぎる恰好だけれど、楽に過ごしたいので。

残った時間は、フローリングワイパーでリビングをざっと拭いて回る。目に見えるゴミはなかったが、シートを覗き込むと髪やゴミがこびりついていた。

毎日掃除をしていても、部屋は汚れるのだろう。

三十分後、長谷川係長が我が家にやってくる。着流し姿だった。

「お待たせ」

今回は家の中なので、きゃーと遠慮なく歓声をあげてしまった。

『おい、どうした遥香!!』

慌てた様子で、ジョージ・ハンクス七世がとっとこと駆けてくる。

「あ、ごめん。長谷川さんがあまりにもすてきだったから叫んだだけなの」

『は? お前、いい加減にしろよ』

「申し訳ありません。深く反省しています」

ジョージ・ハンクス七世に紛らわしい反応は控えるよう、注意されてしまった。

「あ、すみません。長谷川さん、どうぞ」

「お邪魔します」

お腹はペコペコだ。買ってきた屋台料理は温めておいたので、いただくことにする。

長谷川係長は家にあったシャンパンを持ってきてくれた。

「わ、私が好きな、甘口のやつ!」

「そうだと思ってね」

「ありがとうございます」

そんなわけで、シャンパンと一緒にいただいた。

買ってきたのは、焼き鳥や焼きそば、たこ焼きなどのど定番である。奇をてらったものよりも、昔からある屋台料理が一番おいしいのだ。

ジャンクな料理なのに、シャンパンと合う。幸せな気分をこれでもかと味わった。

酉の市で体力を持って行かれたからか、いつもよりお酒の回りが早い気がする。お酒は強いほうではないが、普段はここまで酔わないだろう。顔が火照ってきていた。

「永野さん、酒はほどほどに。明日は仕事だし」

「そうでしたね」

直属の上司に言われてしまうと、とてつもない説得力がある。酔いも若干覚めたような気がした。

「酒は持ってこないほうがよかったかな」

「そんなことないです！　とても、おいしかったです」

「だったらよかった」

時刻は二十三時半。そろそろお開きにしようと言われる。しょんぼりしつつ、ゴミの分別を行った。

「さて、帰ろう――ん？」

「どうかしました？」

「何か、玄関のほうから音が聞こえたような」

ジョージ・ハンクス七世が目の前を素早く通過していく。あとを追いかけようとしたが、長谷川係長に止められてしまった。

「永野さんはここで待っていて」

「わかりました」

耳を澄ましたものの、玄関からの物音は何も聞こえない。ジョージ・ハンクス七世が騒いでいないので、危険なことではないと思っているけれど……。

長谷川係長とジョージ・ハンクス七世は、すぐに戻ってきた。

「なんでしたか――ん？」

長谷川係長がモルモットのような生き物を抱いていた。

ジョージ・ハンクス七世が、後方を親指で指し示しながら思いがけない情報をもたらす。

『遥香、それはお前の母親の式神ハムスターだ』

「モルモット……ではなくて？」

体長は三十センチ近くありそうだ。ハムスターというよりは、モルモットのほうが近いだろう。

円《つぶ》らな瞳で、私をジッと見つめていた。

『はじめまちて。ルイ＝フランソワ・ハンクス一世でしゅ。ルイ＝フランソワと呼んでくだしゃい』

ルイ＝フランソワ・ハンクス一世を名乗る母の式神ハムスターは、大きな体に対して拙い喋りであった。

『これを、運んできたんでしゅ。よいしょっと』

背中に背負っていたらしい何かを私に差し出す。

唐草模様の包みを開くと——中にはお見合い写真が入っていた。

どういうことなの!?

第二章

父親が結婚を望んでいます

（※ただし、お見合い結婚に限る）

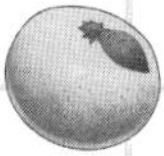

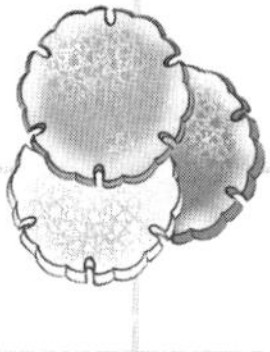

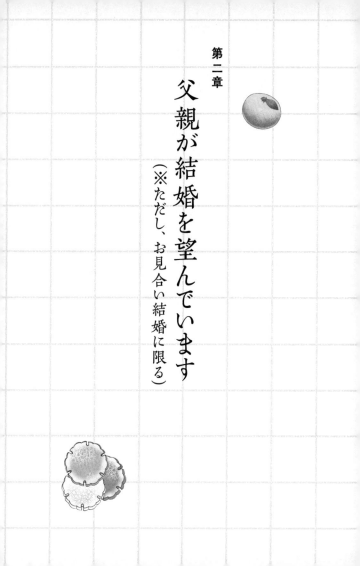

お見合い写真を持ってやってきた、母の式神ハムスター、ルイ＝フランソワ・ハンクス一世。

なんでも彼は、ごくごく最近、母に使役されたらしい。

『僕は式神の中でも最大種の、クロハラハムスターという種類なんでしゅ』

「クロハラハムスター……。初めて聞いたかも」

全体の毛色は茶色がメインで、頬と体に白いラインが入っている。クロハラハムスターという名の通り、お腹の毛並みは黒かった。

「えーっと、ルイ＝フランソワ君は、お母さんに頼まれて、ここにお見合い写真を持ってやってきたの？」

ルイ＝フランソワ君はこくんと頷いた。モルモット並みの巨大ハムスターだが、動作は震えるほど可愛らしい。

それにしても、いったいどういうつもりなのか。お見合い話なんて聞いていない。詳しい話を聞かねば。

『お見合い相手は、お父さんの会社の、取引先の営業さんらしいでしゅ』

お見合い写真はまだ見ていない。なんとなく、触れる気にもならなかった。

『お母さんは反対して、大喧嘩《おおげんか》が勃発し、ふたりはもう三日も口を利いていない状態でしゅ』

全面戦争だと母は決意し、式神ハムスターを召喚するに至った。

母は永野家に嫁いできて三十年近くになるが、式神を使役していなかったのだ。特に必要を感じなかったかららしい。

時を経て、永野家で初めてとなる巨大ハムスター式神を呼び寄せるとは。母の秘めたる才能を、羨ましく思った。

『お父さんはさぷらいず、でお見合いをする予定だったそうでしゅ』

「ひ、酷い」

なんでも、母はスマホを父に投げつけて壊してしまったそうだ。そのため、私に父の目論見《もくろみ》を伝える手段がなくなった。

そんなわけで、ルイ＝フランソワ君がお見合い写真を託されたらしい。

「お父さんったら、本当に困った人」

長谷川係長はただ一点、お見合い写真を睨《にら》んでいた。じわりと邪気が滲《にじ》んでいたので、たいやきに甘味祓いしたものを食べさせる。すると、邪気は消えてなくなった。

ホッと胸をなで下ろす。

『それでえっと、お父さんに呼び出されても行かないで、というのを、お伝えしたかったのでしゅ』

「そっか。ルイ＝フランソワ君、ありがとう」

『いえいえ』

母の教育が行き届いているのか、礼儀正しい式神ハムスターだ。

「でもどうして、お母さんはお見合いに反対したの？」

『遥香さんに、彼氏がいるのではと思ったそうでしゅ。それに、結婚相手は親が決めるような時代ではないと』

「お母さん……」

母は以前から勘が鋭いところがあった。嘘は必ず見破るし、他人の失《な》くし物を見つけるのが得意だし、打ち明けていない悩み事をズバリと言い当てていたし。

長谷川係長との交際は報告していなかったものの、なんとなくそういう相手がいると気づいていたのかもしれない。

代々、永野家は陰陽師に関係した一族と結婚していた。けれども、それが原因で親戚一同晩婚化が進んでいることを母は指摘したらしい。

別に晩婚はまったく悪くない。好きな相手との結婚を許可しない結果が晩婚に繋がっていることを悪としていたのだろう。

ただそれも、叔母の織莉子の結婚を境に、陰陽師でない伴侶を認める方向に変わってきているようだ。

『そのため、お見合い相手の男性は、陰陽師の家系ではありましぇん』

「ますますお父さんが結婚を決める理由はないよね」

『はい』

私が反抗するのをわかっていて、不意打ちでお見合いさせようとしていたなんて。

「酷いとしか言いようがない」

『遥香さんのお母さんも、お天道様が赦《ゆる》しても私が赦さない、と言って僕を派遣したのでしゅ』

ここで、長谷川係長が噴き出した。

「ごめん。深刻な状況だと理解はしているんだけれど、お母さんの言葉があまりにも渋くて」

「うん」

私がたまに古めかしい言い回しをすると指摘されるのは、確実に母の言葉をそのまま覚えてしまったからだろう。一時期、浅草に住んでいた母方の祖母の影響もあるだろうけれど。

『先手を打ったほうがいいと、お母さんは話していましゅ』

「先手、か」

ただお見合いはできないと言うだけでは、父は納得しないだろう。戦いを仕掛けるならば、先手必勝だと母は話していたらしい。

「だったら、永野さんが俺をご両親に紹介すればいいだけの話では？」

「え、でも、長谷川さん、私の両親は陰陽師ですよ？」

「永野さんだって、陰陽師だし。わかりあえない関係だとは思わないよ」

「それはそうですが」

鬼と陰陽師は、はたして上手くいくものなのか。

私は長谷川係長と出会う前から、怪異と共栄共存できたらいいと考えていた。けれども、両親は違う。怪異は祓うべきだという思想のもと、陰陽師として活動している。

「父はおそらく長谷川さんの正体について気づかないでしょう。問題は勘が鋭い母のほう――」

ここまで口にしてから、ルイ＝フランソワ君がポカンとしていることに気づいた。

そういえば、彼がいたんだった。

『あの、そちらの男性は、遥香さんの交際相手、でしゅか？』

「え、ええ。長谷川さんと言って、会社の上司でもあります」

『そうだったのでしゅね！』

これで終わればよかったものの、ルイ＝フランソワ君は鋭く突っ込んでくる。

『ところで、陰陽師とわかりあえない関係というのは、どういう意味なのでしゅか？』

「うっ！」

言葉に詰まった私の代わりに、長谷川係長がスムーズに答えてくれた。

「長谷川家は陰陽師の家系なんだけれど、ずっと前に廃業してしまったんだ。だから、今でも陰陽師を続ける家系に対して、後ろめたさを感じているんだよ。陰陽道を捨てた者として、よく思われていないんだ」

『そういうことでしゅか』

私は心の中で拍手喝采する。

これまで、式神ハムスターの前で長谷川係長が鬼だとうっかり暴露してしまった。

気を付けようと心に誓っていたのに、すぐこれだ。ジョージ・ハンクス七世は、呆《あき》れた顔で私を見ている。本当に申し訳ない。

長谷川係長の機転のおかげで、なんとか助かった。

「ひとまず、見合いは阻止しなければならない。今度の休みにでも、永野さんのご両親と顔合わせをしたほうがいいと思う」

長谷川係長の提案に、ルイ＝フランソワ君も『僕もそれがいいと思いましゅ！』と同意を示す。

「永野さん、どうかな？」

「う、う――ん」

「いいよね？」

「いや、でも……」

この瞬間、両手をそっと優しく包まれる。眼前に長谷川係長が迫った。超絶笑顔なのが怖い。

「ええやろ？」

出た。長谷川係長の圧のある京都弁が。負けてはいけない。心を強く持とうとしていたのに、握られた両手に少しだけ力が籠もった。

強硬な態度なのに、訴えるように触れる手は優しい。ダメだ。こういう緩急の付け方には非常に弱かった。あっさりと、陥落してしまう。

「わ、わかりました。でも、気を付けてくださいね。母は勘が鋭いので」

「了解」

そんなわけで、次の土曜日に長谷川係長と両親を会わせる場を設けることになった。

もちろん父には内緒で。母にはルイ＝フランソワ君を通じて、交際相手を紹介するとだけ報告してもらう。

「今日は遅いから、ルイ＝フランソワ君は泊まっていけばいいよ」

『ありがとうございましゅ！』

「永野さん、俺は？」

「長谷川さんは帰ってください」

「酷いな」

「いや、お隣じゃないですか」

しぶしぶと、長谷川係長は帰宅していく。

ルイ＝フランソワ君は嬉しそうに、ジョージ・ハンクス七世に話しかける。

『ジョージお兄さん、よろしくお願いしましゅ』

『お、おう』

ジョージ・ハンクス七世はお兄さんと呼ばれて、満更でもないようだ。仲良くなれそうだったので、ホッと一安心である。

今日のところはゆっくり休んで、明日の仕事に備えなければ。

翌日――ルイ＝フランソワ君は、私が書いた母宛の手紙と共に実家に帰っていった。

ジョージ・ハンクス七世は若干寂しそうにしている。私が強い陰陽師だったら、もう一体式神を使役できるのに。ふがいなくてごめんと、ジョージ・ハンクス七世の寂しげな後ろ姿を見ながら、心の中で謝罪する。

と、彼に気を取られている場合ではない。出勤しなければ。お弁当を抱えて、会社まで急ぎ足で向かったのだった。

仕事はトラブルもなく、終了した。今日はノー残業デーなので、皆いそいそと帰宅する。

私も早く帰って、お菓子作りをしたい。最近忙しくて、なかなか作れないでいたのだ。鞄にスマホを入れようとしたら、ディスプレイに電話の着信画面が表示されていた。サイレント状態だったので、気づいたのは偶然である。

相手は父だ。なんというタイミング、である。

母には私が土曜日に実家へ帰ることのみ、父に報告するように頼んであった。それを聞いて、慌てて電話してきたのだろう。

ここは会社だ。出るわけにはいかない。そう思って拒否ボタンをタップしようとした瞬間、背後から話しかけられる。

「あれ、出ないんですか？」

「ひゃっ!!」

桃谷君がいつの間にか背後にいたのだ。驚き過ぎて、スマホが手から滑り落ちる。

「う、うわっ！」

「おっと！」

落ちそうになった瞬間、桃谷君が見事にキャッチしてくれた。

「おー、ありがとう」

「いえいえ」

だが、ここで問題が生じる。桃谷君の手が、通話ボタンをタップしてしまったらしい。さらに、スピーカー状態になっているものだから、フロアに父の声が響く。

『おい、遥香！　仕事中か？』

「あれ、お父さんですか？」

『男!?　お、お前、誰だ！』

「桃谷絢太郎と申します」

「ちょっ、桃谷君、自己紹介しなくていいから」

『遥香！　桃谷というのは誰だ！』

「遥香さんとはー、ただならぬ関係でしてー」

「後輩！　会社の後輩だから」

『証拠はどこにある！』

「ないですよねー。だから、なんとでも言えるんですよ」

「桃谷君、お願いだから、事態をややこしくしないで！」

父には会社だからと言って、一方的に切った。すぐに電話がかかってきたので、今度こそ拒否ボタンを押したのちにスマホの電源を落とす。

「永野先輩のお父さん、なんだか面白い感じですね」

「私の父をからかわないで。ただでさえ面倒なんだから」

「すみません」

まったく悪びれない態度に、がっくりと脱力する。

「桃谷君、まだ帰っていなかったんだ」

「また、人事課で面談ですよ。入社一年目は、すぐに退職しないように監視下にあるんです」

「そういえば私もやったな。人事課での面談」

「課のみんなは全員優しいですって言っておいたので、来月から給料上がるかもしれないですよ」

「そんなわけないでしょう」

ゆるい物言いに脱力してしまった。と、こうしている場合ではない。今度こそ帰ろう。そう思って鞄を肩にかける。

「あ、そうだ。永野先輩、これから飯に行きませんか？　おいしいラーメンの店、この前野生の猿に導かれて発見したんですよ」

「へー、そうなんだ。俺にも詳しく教えてほしいな」

気配なく、長谷川係長が桃谷君の背後に立っていた。私のほうからはやってくるのが見えていたが、桃谷君はまったく気づいていなかった。

「うわー！　びっくりした。長谷川係長、脅《おど》かさないでくださいよ」

「部下がナンパされているところを、見過ごせなくてね」

「ナンパしたら悪いんですか？」

「悪い。その中でも極悪だね」

そう言い切り、長谷川係長は桃谷君が背負っていたリュックの持ち手を摑《つか》んで運び始める。

「ちょっと！　子猫みたいに俺を引っ張って、どこに連れて行くんですか!?」

「おいしいラーメンの店」

「長谷川係長とは行かないですよ！　永野先輩だけです」

「いじわる言わないでよ」

「上司にいじわる言う奴が、どこにいるんですかー！」

桃谷君の叫びが遠ざかっていく。なんというか、喧嘩しないで仲良くラーメンを食べてほしい。

◇　◇　◇

帰宅後、私もラーメンな気分になったので、袋ラーメンを作る。

鍋でお湯の沸騰を待つ間に、キャベツやニンジンなどの野菜を刻んでおく。

ラーメンに野菜を入れると、罪悪感が薄くなるのだ。袋の裏に書かれたカロリー表は見ないことにした。

叔母がお歳暮でもらった焼き豚もカットしておく。コーンもトッピングしよう。卵も忘れてはいけない。

そんなこんなで、具がてんこもりの味噌ラーメンが完成した。

最近のインスタントラーメンは、なかなかクオリティが高い。麺はモチモチで、スープも濃厚。とてもインスタントとは思えない。

野菜はいい感じにシャキシャキで、好みドンピシャに茹で上がっていた。汁まで飲めそうな勢いだったものの、さすがにカロリーが気になる。お菓子を作って食べる予定なので、スープとはお別れした。

お風呂に入ったあと、久しぶりのお菓子作りを開始する。作るのは、ナッツのビスコッティ。

二度焼く《ビスコット》という言葉のとおり、二度焼きするクッキーだ。叔母がアメリカに行ったときに習ったレシピで、たまに作っている。母も食べたいと言っていたので、多めに焼こう。密封容器に保存しておけば、一週間くらいもつ。

まず、ボウルに卵白とグラニュー糖を入れて電動ホイッパーでしっかり泡立てる。

それに小麦粉とベーキングパウダーを加えて、へらを使ってサクサク混ぜていった。この生地にアーモンドとヘーゼルナッツ、ピスタチオ、マカダミアなどのナッツ類を混ぜて、クッキングペーパーに包み込む。長方形の形に整えたあと、温めたオーブンで三十分ほど焼いていくのだ。粗熱を取り、さらに十五分ほど加熱する。温かいうちに薄くカットして、しばらく乾燥させておく。

これにて、ナッツのビスコッティの完成である。

ぎっしりとナッツが詰まっているので、食感はザクザクだ。小腹が空《す》いたときに最適なお菓子なのである。さっそく、味見してみた。

「うん、おいしくできている！」

ザクザクと力強く噛《か》みしめる。クッキーを食べているというより、さまざまな種類のナッツを食べている感じだ。

口が空っぽになったのと同時に、急に不安に襲われた。へたりと、台所で座り込んでしまう。

『おい、遥香！　どうした？　立ちくらみか？』

姿が見えなくなったからか、ジョージ・ハンクス七世が私のもとへと駆けつけてくる。私の腕をよじ登り、肩に乗って頬をぺちぺち叩いてきた。その瞬間、涙が溢《あふ》れてしまった。

『そ、そんなに強く叩いていないぞ！』

「違うの。なんだか、不安で」

『何が不安なんだ？』

「長谷川さんを、両親に紹介すること。正体がバレたら、大変な状況になってしまうから」

『バレるったって、あの長谷川がとちるわけないだろう？』

「長谷川さんは大丈夫だと思う。問題は私」

これまでもミスター・トムとマダム・エリザベスの前で長谷川係長が鬼であるということを口にしてしまったのだ。気を付けていても、うっかりは防ぎきれない。

『人生、あれもこれもと欲張りはできないようになっているんだよ。長谷川が鬼であるのを隠して、上手くやろうって考えが、そもそも間違っているんだ』

ジョージ・ハンクス七世は暗に、私に家族か長谷川係長、どちらか選ぶように言っているのか。彼の言うとおり、何もかも手にできる都合のいい世の中でないことはわかっている。

『とは言っても、すぐに選べるものではないだろうな』

「うん」

その昔、永野家は鬼を桃太郎に退治させようとした。永野家自体、怪異退治に特化した一族ではないからだろう。

もしも長谷川係長が鬼であることがバレたら、他の陰陽師の手を借りてでも倒そうとするに違いない。

そうなったら、千年前の悲劇を繰り返す結果となる。

「そういえば、月光の君はどうしてはせの姫を殺してしまったんだろう……」

『それは、千年前の月光の君とやらにしかわからない』

「そうだよね」

ジョージ・ハンクス七世は私の頬にそっと身を寄せてくれる。きっと、励ましているのだろう。

「未来を悪いほうに予想して、不安がるなんていけないことだよね」

『そうだよ。もっといい方向に考えろ。お前の親父《おやじ》が、長谷川をめちゃくちゃ気に入るとかさ』

「うーん。お父さん、長谷川さんみたいなタイプ、苦手そう」

『それはたしかに言えているな！』

父といえば、そういえば電話を全力で無視していた。スマホも電源オフにしたままである。

鞄からスマホを取り出し、電源を入れる。すると、父から鬼のように電話がかかってきていた。

仕方がないので、電話をかける。すぐに父は出た。

『おい、遥香！　どういうことなんだ？』

「何が？」

『男がいただろうが！　桃谷絢太郎！』

「桃谷君は後輩だってば。それで、なんの用事だったの？」

『あ、いや、今度の土曜日に、うちに来るとか母さんから聞いたから、その、どうしたのかと』

「実家に帰るのに、何か理由があったほうがいいの？」

『そういうわけではないが、急だったから。近いうちに、帰ってくるように言おうと思っていたのに』

「え、お父さんのほうこそ、何か用事なの？」

『用事というか、なんというか』

しどろもどろになり、ついには言葉に詰まる。お見合いするから帰ってこい、とはっきり言えばいいものを。

「お父さん、用事がないなら切るからね」

『ま、待て。その、お、お前は、結婚について、どう思っている？』

「どうもこうも、今は考えていないよ。じゃあね」

まだ何か言いたげな感じだったが、お見合いについて言うつもりは皆無なのだろう。はっきり言わないなら会話を続ける暇などない。

通話を終了させ、ふうとため息をひとつ零す。父がお見合いについて相談してくれたら、私も長谷川係長を連れて実家に帰ると説明したのだが。

どうやら当初の予定通り、強襲する形になりそうだ。

お見合いの写真は、まだ確認していない。というか、開く気すら起きなかった。父が決めた見ず知らずの相手と、お見合いなんてしたくない。

ふと、長谷川係長からのメールが届いているのに気づく。写真だけ添付されたものだった。件名はラーメン。開いてみると、桃谷君が眉間に皺《しわ》を寄せながらラーメンをすすっている様子だった。どうやら本当に、ふたりでラーメンを食べに行ったようだ。

思わず笑ってしまう。憂鬱だった気分も和らいだ。

冷たい北風が、地面の枯れ葉を優雅に舞い踊らせる。季節はすっかり冬となった。私はスーパーで大根やキャベツが安くなっているのを見かけると、ああ冬だなと思う。今日みたいな寒い日は、アツアツの料理を食べたくなる。

大根は鶏肉《とりにく》と煮込んだ煮物にして、キャベツは肉団子を包んでロールキャベツにしたい。仕事中は料理欲と食欲が増し増しになるから困る。

と、妄想に耽《ふけ》っている場合ではなかった。今日は来客が五組もあるので、入れ替わりでお茶を出している。次は私の担当だ。そろそろお湯を沸かしておいたほうがいいだろう。

先ほどは桃谷君が担当していたようだが、「粗茶です！」と明るく言って出したらしい。しかも、淹れたてだったようで湯気がもくもくと立っていたようだ。

幸いにもお客さんは気分を害した様子はなかったようだが、彼の対応は百点満点中三点だったという。木下《きのした》課長から、桃谷君にお茶出しについて教えてやってほしいと頼まれてしまった。

デスクで欠伸《あくび》をしながら仕事をこなしていた桃谷君を捕獲し、給湯室へと連行する。中に入る前に、桃谷君は振り返ってとんでもない発言をしてくれる。

「え、永野先輩、こんな場所に連れ込んで、何をする気ですか？」

「応接室での対応についての教育！」

当然、研修で習っていると思っていたが、実施されなかったようだ。

「じゃあ、まず扉を叩くところから。そこの扉を応接室に見立てて叩いてみて」

「ここからなんですね」

桃谷君は扉を二回叩き、「入っていますか？」と声をかけた。

「冗談だよね？」

「いいえ、本気でしました」

二回のノックと「入っていますか？」と尋ねるのはトイレである。笑わせないでほしい。

「扉を叩くのは三回。反応があったら、失礼しますと断ってから入室するの」

「ほうほう、なるほど」

「やってみて」

「はーい」

桃谷君は三回扉を叩き、私が返事をすると「失礼いたします」と言ってペコペコしながら入る。

「桃谷君、今の、ちーっすみたいな会釈はダメ。頭を下げるのは一回でいいから」

「難しいですね」

こんな感じで、桃谷君にお茶出しの一挙一動を指導する。お茶を持って行く前から、ドッと疲れてしまったのは言うまでもない。

来客があったようなので、桃谷君と淹れたお茶を応接室へ運ぶ。

「桃谷君もついてきて。応接室に入らなくてもいいから、中の様子を聞き耳立てていてね」

「いや、俺、ただの不審者じゃないですか」

「何事も勉強だから」

応接室の前にやってくると、桃谷君を独り残して中へと入る。先ほどの、桃谷君の「入っていますか？」を思いだして笑いそうになったが、奥歯を噛みしめてぐっと堪《こら》えた。

まだ、長谷川係長は来ていない。お茶出しは少々早かったか。

「あれ、あなたは――」

お客さんから声をかけられ、顔を上げる。すると、見覚えがあったのでハッとなる。

きっちりとした七三分けの髪型に、眼鏡をかけたスーツ姿の男性。彼は先日、私が会社のエントランスで派手に転倒したさいに助けてくれた人だった。

そっとお茶を置いたあと、深々と頭を下げる。感謝の気持ちを伝えようとした瞬間、思いがけない質問が投げかけられた。

「永野さん、ですよね」

「はい、そうです」

「奇遇ですね」

なぜ、彼が私の名前を知っているのか。名乗った記憶はまったくなかった。

「もしかして、お父様から何も聞いていないのですか？」

「父から？　何も――」

父の知り合いか。と考えかけたところで、お見合いの話を思い出す。

「申し遅れました。私は後藤《ごとう》といいます」

丁寧に名刺が差し出される。私の名刺はデスクの引き出しだ。持ち歩いていないことを悔やむ。

名刺には、後藤航平《こうへい》と書かれている。保険会社の外交員らしい。今月からうちの会社の担当になったようだ。

「永野さんのお父様から、見合いの申し込みがありまして」

「すみません、まだ話を聞いていなかったものですから」

「いえいえ。こちらこそ失礼しました」

先日助けてくれたのは、偶然だったらしい。そのときは私の見合い写真を見る前だったようだ。

「お見合いの写真、ですか？」

「ええ、お着物の、すてきなお写真でしたよ」

一点だけ、着物の写真に思い当たる。おそらく、成人式の当日に写真館で撮影したものだろう。

数年前の写真を出すなんて、詐欺だ。というか、勝手に他人に見せないでほしい。

ふつふつと、父への怒りが湧き上がる。

「お見合いの日にちを、いつにしようか話し合っていたところだったんです」

「それはそれは……」

昨日の父の電話は、私がいつ休みか聞きたかったのだろう。その前に、実家に戻ってくるので言いだしにくかったに違いない。黙ってお見合い話を進めようとするから、そういうことになるのだ。

「永野さんみたいなすてきなお嬢さんとお見合いできるなんて、夢みたいです」

「そ、そんな……」

どういう反応をすればいいものなのか。ここではっきり断るのは、感じが悪いだろう。私が言うのではなく、父から辞退の旨を伝えてもらわなければならない。

「永野さんは、どのようなお料理がお好きですか？　せっかくなので、おいしい店を予約しておきます」

「いえ、その――」

誰か助けてと心が悲鳴をあげたタイミングで、扉が叩かれる。長谷川係長がやってきた。

「後藤さん、すみません、遅くなりまして」

「いえいえ」

退室する間をうかがっていたら長谷川係長が「ありがとう。下がっていいよ」と言ってくれた。

ホッとしながら踵《きびす》を返したが、振り返った先にいた長谷川係長の表情は般若の如《ごと》く。ただそれも、一瞬見せただけ。ゾクッと鳥肌が立ったものの、慣れっこなのですぐに収まる。これが鬼なのかと思いつつ退室した。

廊下に桃谷君がいたので、ギョッとする。

「いや、永野先輩が応接室の外で待ってろって言ったんじゃないですか。その反応、酷くないですか？」

「ご、ごめん」

「長谷川係長にも不審者扱いされたんですよ」

「本当に申し訳ない」

衝撃の再会があり、桃谷君の存在をすっかり失念していた。足早に給湯室へ戻る。

「永野先輩、お見合いってなんですか？」

「へ!?」

「なんか、聞こえたんで」

「あ、そっか」

お見合いは父が勝手に進めている話で、私個人としてはするつもりなどない。そんな事情を、事細かく桃谷君に説明するわけがなかった。

「あの保険の外交員と、お見合いするんですか？」

「さあ？　まだ話を聞いていないから、わからない」

「え、永野先輩のお父さん、勝手に見合い話を進めていたんですか？　今のとげとげしい物言いからして、永野先輩はとてつもなく怒っていて、見合いは受ける気はないってところでしょうか?」

「なんでそこまでドンピシャで推測しちゃうの?」

特大のため息をついてしまった。もともと隠し事は苦手な性分だと思っていたものの、表情と態度だけで読まれてしまうなんて。情けないにもほどがある。

「あそこの保険会社の外交員、外資系で将来有望ですよ。前に、年収一億円稼ぐ人がいるって、噂になっていました。あの人もたぶん、年収は長谷川係長よりも高いです。一千五百万円は軽く超えていますね」

「私は年収で結婚相手を選ぶわけじゃないから」

「だったら、どこで選ぶのですか?」

「愛。以上」

桃谷君の背中を押して、給湯室から追い出す。扉を閉めて独りになっても、心のざわつきは収まらなかった。

仕事が終わると、長谷川係長に純喫茶『やまねこ』に呼び出された。今日は寒いので紅茶はホットで注文する。長谷川係長はモスグリーンの飲み物だった。なんのジュースなのか謎だが、聞き出せる雰囲気ではなかった。

長谷川係長の雰囲気は重たい。

だが、邪気を発しているわけではないので、その辺は安心した。マスターが奥に消えたあと、長谷川係長はいつもよりも低い声で話し始める。

「まさか、後藤さんがお見合い相手だったなんて」

「あの、よく気づきましたね」

「桃谷が中の会話を盗み聞きしていたみたいで、教えてくれたんだ」

「そ、そうだったのですね」

相手は年収一千五百万（推定）の男。一緒に倒さないかと提案されたらしい。長谷川係長はすぐに断ったようだが。

「まさか、廊下でそんな会話を交わしていたなんて」

「ふざけているよ、まったく」

後藤さんとの顔合わせは滞りなく進んだらしい。

「担当を永野さんにしてくれないか頼んできたけれど、山田さんに決めたから」

「あ、ありがとうございます」

「かなり気に入られているようだけれど？」

「な、なんででしょう。よくわかりません」

私を好む物好きなんて、長谷川係長に出会うまで、この世にいないと思っていた。それが、ここ最近になって複数現れるなんて。この世の不思議でしかない。

「やっぱり、永野さんのお父さんに対して先手を打っておいて正解だった」

「で、ですね」

長谷川係長がいてくれて本当に助かった。私独りだったら、逃れられなかっただろう。ふいに、長谷川係長がテーブルの上に置いてあった私の手を握る。

「永野さんが、年収一千五百万の男がいいというのであれば、頑張るけれど」

「いや、えっと、頑張らなくてもいいです」

長谷川係長だったら宣言通りに達成しそうで恐ろしい。

「そっか、よかった。もしもそれくらい年収が必要だと言われたら、転職しなければならないし」

「あ、やっぱりうちの会社、上の人でもそこまで貰っていないのですね」

「はっきり聞いたことはないけれど、いろんな資料を見ていたらそうなのかなって推測していたんだよ」

そもそも、長谷川係長だったらもっといい会社に入社できたのではないか。なんて疑問が浮かんだ。気になったので、質問してみる。

「今の会社を選んだのは、良くも悪くもガツガツしていない体質が合っていると思ったからだね。出世欲が強い人達ばかりの会社は、個人の妬んだり恨んだりの感情の振れ幅が大きいから、社内は常に邪気が漂っていてしんどいし」

「ああ、なるほど。それはたしかに」

思い返すと、うちの会社は出世したいと望んで仕事をバリバリするタイプは少ない。そのため、比較的ほのぼのした雰囲気だ。

「まあ、そんなわけで、これからも緩く働いていくから」

「それでいいと思います」

そう返すと、長谷川係長は淡く微笑んだ。

「永野さん、これからもよろしくね」

「こちらのほうこそ、よろしくお願いします」

深々と、頭を下げたのだった。

◇◇◇

あっという間に土曜日になる。父は長谷川係長を前にどういう反応をするものか。まったく想像できない。

母とは一ヶ月に一回、映画に行ったり、デパートに買い物に行ったりしている。父とはお盆の時期に、永野家の本家で会ったきりだ。家で顔を合わせるのは、お正月以来である。

ここ最近は特に口うるさいので、自然と疎遠になっていたのだろう。

母と決めた時間は朝の十時。いささか早いが、休日は九時過ぎまで眠っている父に不意打ちする作戦なのだ。

昨晩はあまり眠れなかったが、早くに目が覚めてしまった。気持ちがソワソワと落ち着かない。時計を見ると、六時過ぎだった。二度寝したら、寝坊してしまいそうで怖い。こういうときには、お菓子作りをするに限る。せっかくなので、長谷川係長に贈るお菓子でも用意しようか。

叔母がお歳暮でもらった『あまおう』という福岡産のいちごを使って、いちご大福にしよう。

まずいちごは洗って水分を拭い、へたを切り落とす。一口で食べられるよう、四等分にカットした。冷凍していたこしあんを解凍し、いちごを包む。

続いて、求肥《ぎゅうひ》を作る。耐熱ボウルに白玉粉を入れ、水を少しずつ入れながら練る。きれいに混ざったらレンジで二分間温める。白玉粉は求肥となり、これをさらに二分間こねていく。ツヤツヤに仕上がった求肥で、先ほどのいちごとあんを包む。

とてつもなく熱いが、頑張ってひとつひとつ完成させていった。片栗粉《かたくりこ》をまぶし、団子みたいに串打ちしていく。これにて、いちご大福串の完成だ。食品保存容器に詰めて、鞄の中に入れておく。

お菓子作りにけっこうな時間を費やしていたようだ。そろそろ身なりを整えなければならないだろう。

洗面所の鏡を前に、ため息をひとつ。今日がデートだったらどんなによかったか。

長谷川係長までも巻き込んでしまい、本当に申し訳ない気持ちでいっぱいになる。

いくら行き先は実家とはいえ、服装はラフすぎない恰好がいいだろう。

おそらく父はお見合いを現実のものとするために、私と長谷川係長の交際にケチをつけるだろう。服が責められる原因のひとつになったら悔しいから、しっかりめの服装で行かなければ。

休日に着ている服より、通勤に着ている方向性のほうが相応《ふさわ》しい。

杉山さんが褒めてくれたグランチェック柄のテーラードジャケットに、茄子紺《なすこん》色のトップスを合わせ、黒のデニムパンツを穿く。きちんと感を匂わせつつ、休日でも浮かない服装だろう。

化粧は薄目に仕上げ、髪はミドルポニーにしてシュシュを結ぶ。鏡を覗き込んで、これでよしと頷いた。

長谷川係長はどんな恰好だろうか。ドキドキしながら外に出る。いつもは先に待っているのに姿はなかった。まだ集合時間五分前なので、なんら不思議はないが。

少し待たせてもらおう。なんて考えていたら、長谷川係長の部屋のほうからガタゴトと慌ただしい音が聞こえた。すぐに扉が開く。

「永野さん、ごめん。遅くなった」

「いや、まだ五分前ですし」

本日の長谷川係長は、職場では着ないようなオシャレなグレイスーツに、黒系ネクタイを合わせていた。灰色のスーツを品よく着こなせるのは、ファッション上級者のテクニックだろう。手には千鳥格子のクラシカルなコートと紙袋を持っている。

「ごめん。コートは柄ありがいいか、なしがいいか迷っていて」

「珍しいですね。いつもは迷いなく、バシッと着こなしてそうなのに」

「迷いなく服が決まる日なんてないよ。今日は永野さんのご両親に会うから、どんな服装が好印象なのか、悩んでしまった」

「そ、そんな。うちの両親のために、そこまで考えてくださったなんて……！」

「第一印象で嫌われたくないから、余計に迷ってね」

無地だと堅すぎるように思えたが、柄付きだとカジュアルな印象を与えないか。などと、いろいろ考えて服装を選んでくれたらしい。

最終的に、初対面でかっちりし過ぎた恰好だと威圧感を与えるかもしれないと思い、柄付きのコートを選んだようだ。

「永野さんも、普段の休日とは違う感じだね」

「父に浮かれていると言われないようにお堅めの服装を選びました」

よく頑張ったと、互いに健闘をたたえ合う。

「長谷川さん、見てください。今日はジョージ・ハンクス七世も、オシャレしているんです」

鞄の中から、ジョージ・ハンクス七世がひょっこり顔を覗かせる。手のひらを差し出すと、ぴょこんと跳び乗った。首に結んだネクタイが揺れる。

「ミスター・トムから、ネクタイが贈られたんです」

『今日はシックにネクタイを合わせてみたぞ』

「よく似合っている」

長谷川係長に褒められて、ジョージ・ハンクス七世は満更でもない様子だった。

「そういえば、最近どう？」

「どう、というのは？」

「いや、不幸の連続だったようだけれど」

「あ！　ここ数日、何もないです。おとりさまの御利益ですよ」

「そう。だったらよかった」

ここ数日バタバタしていたので、すっかり失念していた。毎日のように転んだり、雨に降られたりと不幸に襲われていたのに、いつの間にか何も起こらなくなっていたようだ。やはり、頼るべきは神様の存在なのだろう。

「また何かあったら、小さなことでもいいから教えてほしい。いろいろと、対策を考えるから」

何か含むような言い方だったので、具体的な方法について尋ねてみた。

「もしも呪いだったら、有休を取って徹底的に調べる」

「そんな、貴重な有休を使うなんて」

「永野さんより大事なものは、この世界にないからね」

さらりと、反応に困る発言をしてくれる。火照った頬のまま、実家に帰るわけにはいかないだろう。冷たい指先で、必死に冷やした。

「そろそろ行こうか」

「はい」

実家はバスで三十分ほどの場所にある。そこから三分歩いた先にそびえる、築四十年くらいのマンションだ。二十五年前、三十年ローンを組んで中古で購入したらしい。五年前にキッチン、浴室、トイレ、洗面所などの水回りをリフォームし、一年前に壁紙を替え、天井は塗装を塗り直し、フローリングを全部屋張り替えた。そのため、築四十年とは思えないくらい綺麗《きれい》だ。ただ、マンションの外観や廊下、エントランスなどは過ぎ去った年月を感じる。

そんなマンションだが、今でも販売価格は二千万円を超えるらしい。二十五年前の父は頑張ってローンを組んだのだなと、同じ会社員となった今しみじみ思ってしまう。

エントランスへ入ったあと、ちらりと長谷川係長を見る。表情が硬い。昭和レトロな雰囲気が漂うエントランスに言葉が出てこなくなったのか。

まあ、いい。現実を受け入れていただくしかない。

エレベーターホールとエントランスを隔てる扉を開けてもらうため、インターホンに部屋番号を打ち込もうとした。その手首をはしっと掴まれる。

「永野さん、ちょっと待って」

「わっ！　ど、どうしました？」

「心の準備ができていない」

「え？」

「たぶん、今までにないくらい、緊張している」

あの長谷川係長が緊張する瞬間があるなんて。心配しなくても、父は「娘は嫁にやらん！」と他人の前で言えるようなタイプではない。電話口では強気だが、実にわかりやすい内弁慶なのだ。

「大丈夫ですよ。ごくごく普通の親ですので」

「好きな人の親ともなれば話は別なんだよ」

「そ、そうでしたか」

照れていたら、エレベーターホールへ繋がる扉が開く。誰もいないのにと思っていたら、足下のほうから声が聞こえた。

『いらっしゃいましぇ！』

「あ、ルイ＝フランソワ君！　もしかして、迎えにきてくれたの？」

『はい！』

ひとりでエレベーターに乗れるなんて、優秀なハムスター式神である。

そんなルイ＝フランソワ君を抱き上げ、鞄の中へそっと入れる。ジョージ・ハンクス七世との再会を喜んでいるようだった。

エレベーターに乗り込み、十二階のボタンを押した。上昇している間、長谷川係長は胸に手を当てていた。顔色が青い。本当に緊張しているのだろう。

エレベーターから降りて、角にある我が家へ案内する。

「えー、ここが、私が生まれ育った実家、です」

「そっか」

チャイムに触れる前に、長谷川係長のほうを見る。コクリと頷いたので、そのまま押した。ピンポーンと鳴ったのが聞こえる。母の「はーい！」という元気のいい声が続いた。

すぐに扉が開かれた。いつもと変わらない母が、ひょっこり顔を覗かせる。

「遥香、おかえりなさい」

「ただいま」

続けて、長谷川係長を紹介する。

「お母さん、彼がお付き合いをしている長谷川正臣さん」

「あらまあ！　なんてすてきな――」

次の瞬間、にこにこ笑顔だった母の表情が引きつる。まるで恐ろしいものを目にしたような反応だった。

「お母さん、どうかしたの？」

「……鬼」

「え？」

「遥香！　その人から離れて！　鬼だから！」

「へ!?」

母には長谷川係長が鬼に見えるという。いったいどうして？

「おい、どうかしたのか？」

父がやってきて、怪訝《けげん》な表情で私達を見つめる。

「鬼！　あの男の人、鬼なの！」

「なんだと!?」

父が飛びかかってくるのと同時に、私は長谷川係長の腕を掴んで走り出していた。

あとから、父が猛追してくる。エレベーターの前にたどり着いたが、待機表示は一階。待っている時間はないだろう。長谷川係長の判断は速かった。

私を俵のように抱きかかえた状態で、階段を下り始める。

「きゃあ！」

舌を嚙まないよう、歯を食いしばった。上のほうから、父の「待て！」という叫び声が聞こえる。

長谷川係長はスピードを落とすことなく、下り切った。

マンションのエントランスを出たあたりで、私を降ろす。そして、真剣な眼差しで訴えてきた。

「慌てていたからここまで連れてきちゃったけれど、逃げるのは俺だけでいい。永野さんは一度戻って、ご両親に事情を説明するんだ」

「事情って、なんですか？」

「鬼に操られていたとでも言えば問題ない」

「なっ！」

長谷川係長は自分を悪役に仕立てて、私と鬼が無関係だと言うように諭してきた。

「鬼だとバレた以上、俺と永野家は敵対関係となってしまう」

「でも、長谷川係長は敵対するような悪ではありません」

「永野家は、この世のすべての怪異を悪と考える一族だから仕方がない」

「それはそうですが」

「今なら間に合う」

「イヤです。私は、長谷川さんと一緒にいます」

長谷川係長の腕をぎゅっと掴む。この手を放すつもりはない。

とても怖い顔をしていた。私が我儘《わがまま》を言ったからだろうか。

掴んだ手を、振り払われる。再び伸ばしたが、拒絶の目を向けられた。

「永野さん、俺達はまた、前世と同じ結末になるかもしれない」

「それでも、一緒にいたいんです。二度と、離れません！」

もう一度、手を伸ばした。再度拒絶されるかもと思ったが、長谷川係長は両手で包み込むように握ってくれた。

「遥香――!!」

父の声が聞こえた。ここで話しすぎてしまったのだろう。

長谷川係長は私の手を握ったまま、走り始める。

「おい、待て！　止まれ！」

父の叫び声が閑静な住宅街に響き渡る。近所迷惑だろう。

どこかでタクシーを捕まえて逃げられたらいいのだが――。

『こっちだよ！』

路地から声が聞こえた。長谷川係長の耳にも届いたのだろう。

太陽の光が差し込まない薄暗くて狭い通路で、キラリと目が光る。それは、先日見かけた豆だぬきに似ていた。

『こっち、こっちにおいで！　助けてあげるから』

長谷川係長と顔を見合わせる。きっと大丈夫だと頷いたのは同時だった。父がすぐ近くまで迫る。長谷川係長と共に、豆だぬきのあとを追った。

父の声がどんどん遠ざかっていく。景色は浅草の路地裏から、霞《かすみ》がかったような不思議な空間を横切っていく。

私達はいったいどこに誘《いざな》われているのか。それは前を走る豆だぬきのみが知る。

幸いにも、あの豆だぬきからは、邪悪な気配をまったく感じない。善き怪異なのだろう。

しだいに深い霧に包まれてしまった。それにともなって、豆だぬきの姿も見えなくなる。それでも、長谷川係長は私の手を引いて走り続けていた。見ている光景が違うのだろうか。ひとまず、信じて走るしかなかった。

息も切れ切れの中、もう限界だと足や腿《もも》が訴えていた。頑張れ私、頑張れ私と己を鼓舞しているところに、希望の光が現れる。

霧の先に光が差し込んでいた。あそこがゴールなのだろう。

天国だったらどうしようという一抹の不安と共に、光へ飛び込んだ。

パッと周囲が明るくなる。そこは晴天の下――ごくごく普通の住宅街であった。

普通でないのは、民家と民家の間に突然宿が建っていることか。

周囲の景色に見覚えはない。ここが浅草なのかも謎である。

宿を見上げた。三階建ての趣ある日本家屋で、出入り口には暖簾《のれん》と看板があった。達筆な文字で、『花曇《はなぐも》り』と書かれてある。

ここはいったいどこなのか。長谷川係長も私と同じく、今の状況を把握していないようだ。

私達をここへと導いた豆だぬきの姿もなかった。スマホで現在位置を確認しようとしていたところに、宿の扉が開かれる。中から豆だぬき達がわらわらと出てきた。

私達の傍には近づかず、一定の距離が保たれていた。好奇心と警戒が混ざったような眼差しを向けている。

「えっ、可愛い……じゃなくて。ど、どうしよう」

「永野さん、落ち着いて」

「す、すみません」

これまで見た怪異は、黒い靄《もや》ばかり。目の前にいる豆だぬきのように、姿がはっきりしている存在は稀である。

というのも、現代日本において化けるのが上手い怪異ほど人間社会に溶け込んでいるからだろう。

こうして素の姿を見せてくれるのは、ここが不思議な空間だからか。

先頭にいた豆だぬきが、ハッとなって叫んだ。

『この気配……！　あの娘は陰陽師だ』

『お、陰陽師!?』

『陰陽師だって!?』

豆だぬき達は恐怖に戦《おのの》くように、一ヵ所に身を寄せ合う。たぬき団子ができていた。

攻撃してくる気配はないが、長谷川係長が私を守るように抱き寄せる。

怖い、怖いと口にするたぬき達から、じわじわと邪気が生じていた。このままではいけない。そう思ったのと同時に、宿から飛び出してきた豆だぬきが叫んだ。

『あれは悪い陰陽師じゃないよ！　おかしな陰陽師だ！』

豆だぬき達が、同じ方向に小首を傾《かし》げる。私も、つられてしまった。

『おかしな陰陽師ってなあに？』

小さな豆だぬきが問いかける。

『おかしな陰陽師は浅草の一部地域にのみ出現する、お菓子を配って邪気を祓ってくれる、善良な陰陽師なんだよ』

おかしなというのは、お菓子と可笑《おか》しとをかけていたというわけだった。なるほど、上手い。

豆だぬき達の警戒が、面白いほど解かれていった。そういえば、母にあげようと持参していたナッツのビスコッティがあったはずだ。みんなに分けてあげたら喜ぶだろうか。ここで、鞄を覗き込む。すると、みっちり詰まったルイ＝フランソワ君と目が合ってしまった。

「あ！」

『ど、どうもでしゅ……』

ルイ＝フランソワ君を鞄に入れたまま、ここまで来てしまっていたようだ。申し訳なくなる。

空気を読んだからか、ルイ＝フランソワ君はナッツのビスコッティが入った食品保存容器をそっと差し出してくれた。なんて気が利く式神ハムスターなのか。

「あ、ありがとう。ルイ＝フランソワ君、あの——わっ！」

足下に豆だぬき達が集まってきた。これまで怪異を助けてくれてありがとう、ありがとうと口々に感謝された。

ふいに、涙がこみ上げてくる。私のしてきたことは、無駄ではなかったのだ。

長谷川係長は励ますように、背中をぽんぽんと叩いてくれた。

ナッツのビスコッティを豆だぬき達に配る。おいしい、おいしいと言いながら食べてくれた。その様子を見ていると、ほっこりする。私の思い描く理想が、ここにはあるような気がした。

お菓子を配り終えたあと、急に空気がピリッと震えた。

「永野さん！」

長谷川係長が私の腕を引き、背後へと下がらせる。晴天だった空が、いきなり曇天になった。灰色の雲から、ゴロゴロと低い音が響く。

ゾクッと肌が粟立《あわだ》つ。同時に、寒気に襲われた。

「え、な、何⁉」

ジョージ・ハンクス七世が鞄から飛び出し、長谷川係長の肩に跳び乗る。拳を突き出し、戦闘態勢を取った。

「──何を騒いでいるんだい？」

酒焼けしたような女性の声が聞こえる。ワイワイと楽しそうにしていた豆だぬき達が急に黙り込み、端のほうへ逃げていった。

宿の玄関より現れたのは、髑髏《しゃれこうべ》が描かれた着物をまとったふくよかな女性。年頃は五十歳くらいだろうか。射干玉《ぬばたま》のように艶のある黒髪を品よく結い上げ、骸骨の櫛《くし》で留めていた。目元は一切隙がない。手には煙管《キセル》があり、煙をもくもくと漂わせている。

ひと目見て、人ならざる存在《もの》であると気づいた。

ただならぬ気配と、萎縮した豆だぬき達の様子から推測するに、彼女はここの親玉なのだろう。

右目で長谷川係長を睨み、左目で私を警戒する視線を向ける。目が合った瞬間、膝から力が抜けそうになった。寸前で、堪える。生まれたての子鹿のような心境だが、ここでへたるわけにはいかなかった。

「ひとりは鬼、ひとりは陰陽師、か。不思議な組み合わせだねえ。さて、あんた達は、いったい何をしにきたんだい？」

『女将《おかみ》さん!!』

一匹の豆だぬきが、女将さんと呼ばれた女性の前に飛び出してくる。

『あの陰陽師は、悪い陰陽師ではありません！　前に、うっかり邪気まみれになったときに、自分を助けてくれたんです』

「なるほど。そこの娘が怪異に菓子を配り歩くという噂の、変わり者の陰陽師だというわけかい」

『そうです！』

他の豆だぬきも私達が悪者ではないと訴えてくれた。お菓子もおいしかったとも。

『人に追われて困っているようだったので、ここへ導きました』

「そうだったのかい。客だったら、追い出すわけにはいかないねえ」

女将さんは踵を返し、背中を向ける。去り際に、言葉を残した。

「人間界に居場所がなければ、好きなだけここに滞在するといい」

ふーっと吐いた煙管の煙が、女将さんを包む。強い風が吹いたのと同時に、その姿は消えてなくなった。

寒気が止まらなくなるような緊張感からとき放たれる。足下がふらついてしまったが、長谷川係長が腰を抱いて支えてくれた。

「すみません」

「仕方がないよ。おそらくあれは、飛鳥時代くらいからこの世に存在する怪異だから。普通の人だったら、ひと目見て失神すると思う」

「飛鳥時代!?」

気が遠くなるほどの年月を生きた怪異が、陰陽師である私を見逃すどころか宿の客として認めるなんて……。信じられない。

呆然としていると、宿から仲居さんらしき人が出てくる。

「いらっしゃいませ。花曇りへようこそ」

年頃は同じくらいか。薄紅色の可愛らしい着物姿の女性が、にっこりと笑顔で出迎えてくれた。

「まあ、お客様！　化けがお上手ですね。ここはあやかし専用のお宿なので、化けは解いても大丈夫ですよ」

「え、えーっと。すみません。私達、人間なんです」

「そ、そうでしたか。大変失礼いたしました」

なんでも、人間の客を迎えるのは初めてだったらしい。あやかし専用のお宿と言っていたし、人間が泊まりにくることはないのだろう。

ちなみにあやかしは怪異の別の呼び名である。他にも、妖怪とかお化けとか妖魔、妖異などなど、さまざまな名称がある。

「本当に、申し訳ありません」

「いえいえ。その、仲居さんも、化けがお上手ですね」

「実は、私も人間なんです」

お互いに人間であることがわかり、ははは と笑ってしまった。

仲居さんは田貫《たぬき》ですと名乗る。豆だぬきのお宿の田貫さん、なんだか語呂がいい。

「すぐに、お部屋のご用意をしますね」

念のため、可能であれば二部屋お願いしますと言っておく。仲居さんは私達を夫婦だと思っていたようで……。危なかった。

長谷川係長の「別に永野さんと一緒の部屋でもよかったけれど」という呟きは聞かなかったことにする。

先ほど私達を助けてくれた豆だぬきがやってきて、声をかけてくれた。

『中へどうぞ。自慢の豆腐料理を堪能《たんのう》していってね』

「豆腐料理？」

『ここは、豆腐料理が自慢の宿なんだ』

「そうだったんだ」

何時だろうかとスマホの確認をする。圏外になっており、時計の表示がなくなっていた。

「長谷川さん、これ」

「ここはおそらく女将が作った空間だから、人間界の物は使えないのかもしれない」

「なるほど」

長谷川係長の腕時計も、止まっているようだ。

『こっち、こっち』

『早くー!』

豆だぬき達の案内で、怪異専用の宿の中へと足を踏み入れる。その前に、長谷川係長に引き留められた。

「永野さん、ちょっと待って」

「はい?」

「怖くないの?」

「豆だぬきがですか?」

「いや、まあ、それもひっくるめて」

「豆だぬき、可愛いので怖くないですよ。女将さんも、迫力ありましたけれど、宿での宿泊を許可してくれましたし」

「昔話の世界では、こういう怪しい宿に招かれた人間は、食べられるのがお約束なんだけれど」

「でも、人間の仲居さんもいましたよ」

「自称人間だからね。証拠があるわけではない」

「あ、そうですね」

長谷川係長は額《ひたい》を手で押さえ、はーっと深いため息をついている。

「私、昔話の登場人物だったら、一番に食べられる役割ですね」

「間違いない」

「長谷川さんはどう思います？」

「半信半疑だよ」

「な、なるほど」

私はなんの疑いもせずに、豆だぬき達の誘いに乗ろうとした。

「ただ、あの女将ほどの強い怪異だったら、回りくどいことはしないだろうね」

「食べるときは即座に丸呑み、ですか？」

「たぶん。それに俺が鬼だと気づいていた。手出しはしないだろう」

「よ、よかった」

「でも、一瞬たりとも気は抜かないで」

「了解です」

先を行く豆だぬき達が、なかなかやってこない私達を何度も振り返っていた。小走りで追いつく。

『食堂はこっちー』

『今日の日替わりは、あんかけ豆腐ステーキ』

「えっ、おいしそう」

今、何時かわからないものの、お腹がぐーっと鳴って空腹だと訴えていた。私の腹時計はかなり正確なので、きっと現在の時刻はお昼時なのだろう。

のれんを潜った先にあるお宿は、木の匂いが鼻先をかすめるような温《ぬく》もりを感じる造りであった。木目が美しい廊下を歩いた先に、宴会会場のような広い畳部屋へと辿《たど》り着く。昼間はここで食堂を営業しているらしい。閑散としているのは、怪異が夜行性だからだろう。主な客は、人間社会で会社員をしている怪異なのだとか。

長谷川係長と向かい合わせになって座ると、小学三年生くらいの、仲居の恰好をした女の子がメニュー表を持ってきてくれた。元気よく差し出してくれる。

「いらっしゃいませ！　こちら、メニュー表です」

もしかして、この子が若女将……？　と思ったが、女将のような禍々しい空気はいっさい感じない。胸に『仲居見習い　つばさ』と書かれたバッジを付けていた。若女将ではないようだ。

メニュー表を開くと、百近い品目の料理があった。

「わ、たくさんある。迷うな」

「お兄ちゃんの作るお豆腐料理は、全部おいしいですよ！」

なんでも、仲居見習いちゃんのお兄さんが料理長を務めているらしい。

「オススメは、日替わりのあんかけ豆腐ステーキです」

「だったら、私はそれを」

長谷川係長も同じ料理を注文する。仲居見習いちゃんはぺこりと頭を下げて、てててと駆けていった。

周囲を見てみると、普通のお宿にしか思えない。けれども、地上のどこにでもある邪気の欠片《かけら》みたいなものは、ここにはなかった。きっと、怪異が安心して寛《くつろ》げるような空間を、女将さんが作っているのだろう。

十分後——注文したあんかけ豆腐ステーキ定食が運ばれてくる。

「お待たせいたしました！　豆腐は焼きたてほかほかなので、注意してくださいね」

「ありがとう」

仲居見習いちゃんはニコッと微笑み、下がっていく。

定食は豆腐ステーキにお味噌汁、ごはん、白和《しらあ》えにごま豆腐と、ボリュームたっぷりのラインナップであった。見事な豆腐尽くしである。

「永野さん、いただこうか」

「はい」

手と手を合わせて、いただきます。まずはお味噌汁を飲む。出汁がしっかり利いていて、豆腐は信じられないくらいおいしかった。なんと表現すればいいものか。大豆の風味が濃い。こんなに豆腐の存在感が強いお味噌汁は初めてである。さすが、豆腐が自慢と主張していただけある。メインの豆腐ステーキは、しいたけとニンジンのあんがかかっていた。上にはちょこんとすりおろしたダイコンが添えられてある。アツアツだというのでかぶりつかずに、一口大に分けて食べたほうがいいだろう。箸を入れると、湯気がふんわりと漂った。あんに絡めて口にする。

「あ、熱っ！」

冷ましたつもりだったが、まだ熱かった。はふはふしながら味わう。

外側はカリッカリになるまでしっかり焼き目が付いていた。あんが絡んでしんなりした部分とのギャップが堪らない。豆腐は信じられないくらいなめらかで、舌の上でとろけた。これは絹ごし豆腐なのだろうか？　やわらかい豆腐をステーキに仕上げるのは、職人の技なのだろう。

豆腐オンリーだけれども食べ応えがあって、ご飯がどんどん進む。ヘルシーなので、たくさん食べても罪悪感が薄い。なんてすばらしい食堂なのか。近所にあったら、週に一回は通いたい。

食後のデザートは杏仁豆腐《あんにんどうふ》だった。もっちり食感でとても美味。

食べ終わるころ、仲居見習いちゃんが温かいお茶を持ってきてくれた。

「お部屋の準備、十分くらいかかるそうです。もう少しだけ、お待ちくださいね」

しっかりしたお嬢さんである。接客レベルは見習いではなく、一人前と言っても過言ではないだろう。

そんな彼女がいなくなったあとで、長谷川係長がぽつりと呟く。

「あの子も人間じゃないみたい」

「え、そうなのですか!?」

「気配が人間寄りだから、たぶん怪異と人の間に生まれた子なんだと思う」

「怪異と人の子、ですか。そういう道を選んだ人達が、いるんですね」

「そうだね。でも、人間界では暮らせないから、こういう隠れた場所で生きているんだよ」

その言葉は、胸に深く突き刺さる。まるで、私達の関係について示唆しているように聞こえたから。

「ここまで来て言うのもなんだけれど、永野さんは家族のもとへ帰ったほうがいい」

「え？」

「ご両親を前にした瞬間、改めて気づいたんだ。永野さんは、大事にされて育った娘だってことに。永野さんを、ご両親や永野家の人達から奪ってはいけないって思ってしまって……」

駆け落ちのようにして、ここに辿り着いた。前世のように周囲に理解されない愛は、悲劇的な結末を迎えてしまう。今世では、同じ過ちを絶対に犯したくないと長谷川係長は言う。

「俺の願いは、永野さんが幸せに暮らすこと。そこに、自分がいないほうがいいのではと、考えるようになっているんだ。俺達は、別れたほうがいいのかもしれない」

「そんな……！」

長谷川係長と別れる気はまったくない。けれども、このまま長谷川係長が鬼であることを隠し通しながら、一緒にいられるわけがないとは思っていた。だから問題が見えない振りをして、幸せな日々を享受していた。

それではいけないのは重々承知の上だ。すぐにでも私が陰陽師で、長谷川係長が鬼であるという事実に真っ正面から向き合う必要があるのだろう。

でも、具体的にどうすればいいのか。まったく思いつかない。

頭を抱え込んでいるところに、声がかかった。人間の仲居さんと、仲居見習いちゃんが揃《そろ》ってやってくる。

「大変長らくお待たせしました。お部屋にご案内しますね」

先に長谷川係長の部屋があり、その奥が私の部屋だという。

「じゃあ、永野さん、またあとで」

「はい」

私達には、じっくり考える時間が必要なのだろう。

部屋は二十畳ほどの広さだった。座布団が四枚並べられ、テーブルには茶器が収められた茶櫃《ちゃひつ》が用意されている。

窓の向こうの景色は、ぼんやりと霞がかっていてよく見えない。窓際には寛げるように、大きな寝椅子が置かれていた。昔ながらの、雰囲気のいいお宿と言えばいいのか。飛び込みでやってきたのに、立派な部屋を用意してくれたようだ。

仲居さんが笑顔で声をかけてくれる。

「何かわからないことがありましたら、なんでもおっしゃってください」

一点だけ気になっていた。勇気を出して問いかけてみる。

「あの、仲居さんは、どうして人間なのにここにいるんですか？」

「夫と義妹が豆だぬきで、ここで働いているんです」

「そうだったんですね」

つまり、仲居さんも怪異である男性と人生を歩む決断をした人なのだ。

彼女に助言を求めたら、きっと答えがすぐに出てくるだろう。だが、それではいけない。これは私が考えて、答えを出す必要がある。

「個人的な事情を聞いてしまって、申し訳ないです」

「いいえ、お気になさらず」

気分を害した様子はなかったので、ホッと胸をなで下ろした。

「すみません、長く引き留めてしまって」

「とんでもない。久しぶりに同じ年頃の女性に会えたので、なんだかとっても嬉しかったです」

優しい仲居さんに、深々と頭を下げて別れた。

畳の上に鞄を下ろすと、ジョージ・ハンクス七世が飛び出してくる。手をシュッシュと突きだして戦う姿勢を見せていたので、どうしたのかと声をかけた。

『これから、長谷川をボコってくる』

「な、なんで!?」

『今更、遥香と別れるだなんて言っているからだ。どれだけ酷いことを言っているのか、あいつの体に思い知らせてやる！』

「や、やめて！」

ジョージ・ハンクス七世の体を、両手でふわっと持ち上げる。ジタバタと暴れていたので、鞄に戻したい。

鞄を覗き込むと、ルイ＝フランソワ君と目が合ってしまった。

「あ、ルイ＝フランソワ君……」

礼儀正しくぺこりとお辞儀してから、鞄の外へと這《は》い出てくる。

「ごめんね。こんなところに連れてきてしまって」

『いいえ。鞄の中の居心地がよくて、すぐに出なかった僕が悪いんでしゅ』

「そ、そっか」

シーンと静まり返る。ルイ＝フランソワ君はきっと、鬼についての話を聞いていただろう。

『まどろっこしいな！　遥香、もうこいつは長谷川が鬼であることを知ってしまった。そうなったら、説明する他ないだろうが』

「そ、そうだよね」

『ちなみに、長谷川について先に言及したのは、遥香、お前だからな！』

「うっ、すみませんでした」

鬼だと指摘した母のせいにしかけていたものの、バレたのは私が原因だったらしい。以前、私が長谷川係長の正体云々《うんぬん》と発言したので、ルイ＝フランソワ君の中で引っかかっていたようだ。盛大に反省する。

居住まいを正し、気まずそうにするルイ＝フランソワ君に事情を説明することとなった。

「あのね、ルイ＝フランソワ君。話を聞いていたからそれとなく察していると思うけれど、私とお付き合いしている長谷川さんは鬼なの」

『そう、だったのでしゅね』

ルイ＝フランソワ君は長谷川係長と出会ったとき、なんとなく他の人とは異なると感じていたようだ。ただその違和感が何かまではわからなかったという。

『悪い存在ではなく、むしろ遥香さんを守ろうとする気概は人一倍、いいえ、それ以上に湧き上がっているように感じていたんでしゅ』

正体については特定できなかったので、母にはすてきな彼氏がいるようだとしか報告していなかったらしい。

『長谷川さんが鬼だったなんて……信じられないでしゅ』

怖かったのだろう。ルイ＝フランソワ君はガタガタと震える。その体を抱き寄せて優しく撫でる。しばらくすると震えは止まった。

これまで気が張っていたのだろう。可哀想に……。なで続けていたら、いつの間にか眠ってしまったようだ。

それにしても、母の勘の鋭さを、甘く見ていた。まさか、ひと目で気づくなんて。

同じく落ち着きを取り戻したジョージ・ハンクス七世がポツリと零す。

『遥香、お前も長谷川がすぐに鬼だと察したじゃないか。母親の家系の能力だったんじゃないか？』

「言われてみたらそうかも！」

長谷川係長が鬼だと気づいたのは、私の前世がはせの姫だからだと思い込んでいた。よくよく考えてみると、平安時代の記憶が甦ったのは出会ってしばらく経ってから。

母の実家はかつて声聞師《しょうもんじ》と呼ばれていた民間の陰陽師だった。陰陽寮に所属していた宮人陰陽師とは異なる活動をしていたらしい。

神職の家系で、祖父は宮司。母も結婚前は巫女《みこ》だった。もしかしたら五感を超えた感知能力でもあるのかもしれない。

『遥香、ちょっくら温泉でも入ってこいよ。モヤモヤしたものも、スッキリするかもしれないし』

「あ、でも、ルイ＝フランソワ君が寝ているし」

私の膝の上で、スヤスヤと気持ちよさそうに眠っていた。そんなルイ＝フランソワ君を、ジョージ・ハンクス七世が抱える。何倍もの大きさであったが、軽々と持ち上げた。そのまま座布団に寝かせる。

『こいつは俺が見ておくから、行ってこいよ』

「だったら、お言葉に甘えて」

部屋にあった浴衣を借りる。ありがたいことに、使い捨ての下着が用意されていた。

冬で汗を掻《か》いていないとはいえ、下着は使い回したくない。心遣いに感謝した。

部屋に置いてあった宿の地図を頼りに、浴場を目指す。途中、母と同じ年頃の仲居さんとすれ違う。笑顔で会釈してくれた。

人間か怪異かまったくわからなかった。現代に生きる怪異が作り上げた、化けの職人技なのだろう。

温泉は檜風呂《ひのき》だった。とろみのある泉質でにおいはない。肩まで浸かると、じわじわと体が癒やされる。

なんだか、温泉に入ったのも久しぶりのような気がする。去年の一月に行った社員旅行以来か。母と温泉に行きたいとよく話題に上がるものの、互いに忙しくしているので実行できていなかった。

ポカポカと、内側からじっくり温まる。冬の温泉は最高だ。

リフレッシュできたような気がした。

体が冷えないよう、急いで部屋まで戻る。ルイ＝フランソワ君を起こさないようにそっと扉を開いたが、すでに目覚めていた。ジョージ・ハンクス七世と鞄に入れていたハムスター用のパンを食べていたようだ。

『遥香さん、お帰りなしゃい』

「た、ただいま」

『お茶を飲みましゅ？』

「あ、うん」

ルイ＝フランソワ君はテーブルによじ登り、茶櫃を器用に開いた。湯呑みや急須を手早く並べていく。手を出そうとしたら、『大丈夫でしゅ！』と制止されてしまった。なんでも、お茶くみは特技らしい。

お湯で湯呑みを温めるところから始める、本格的なお茶をいただいた。

「おいしい。ホッとする。ルイ＝フランソワ君、ありがとうね」

『いえいえ』

お茶受けとして用意されていた豆腐ドーナツもおいしかった。包みに売店で好評販売中と書かれている。お土産に買って帰るのもいいかもしれない。

「帰る……か」

このまま浅草の町で、以前と同じように生活できるものか。長谷川係長が鬼であるということが、両親にバレてしまった。もしも本家に報告がいっていたら、私は家に戻った瞬間、待ち構えている本家の人々に捕獲されてしまうだろう。

長谷川係長の家も、もしかしたら罠《わな》が仕掛けられている可能性がある。それだけの行動を許す時間を、自ら作ってしまった。

「どうすればいいんだろう」

『長谷川は家族のもとに帰れって言っていたな』

「うん」

『お前は何を望んでいるんだ？』

「私？」

『そうだ。一生家族と会えなくなっても、長谷川を選ぶ覚悟はあるのか？』

ジョージ・ハンクス七世の問いかけに、返す言葉が見つからなかった。唇をぎゅっと噛みしめる。

千年前――はせの姫と月光の君は愛し合っていたものの、周囲の理解は得られなかったのだろう。親族の誰かが、鬼退治のエキスパートである桃太郎に月光の君の退治を依頼した。桃太郎がやってきてから、どういうやりとりをしたのかは記憶にない。確かなのは、月光の君がはせの姫を殺したということだけ。ふたりの恋は、悲劇に終わったのだ。

長谷川係長はその悲劇を繰り返したくないから、私と別れようと言いだした。

桃太郎の生まれ変わりである桃谷君がいる限り、千年前と同じ状況にならないとは言い切れない。

「それでも、家族と長谷川さん、どちらか選べなんて、無理なんだよ」

家族の愛なしには、ここまで成長できなかった。今後縁を切って暮らすなんて、考えられない。かといって、長谷川係長と別れるという選択もなかった。

「私がどっちつかずだから、いけないんだろうね」

『そんなこと、ないと思うぜ！』

ジョージ・ハンクス七世は力強く否定する。ルイ＝フランソワ君もコクコクと頷いていた。

『お前は甘ちゃんでいいんだよ』

「ジョージ・ハンクス七世……」

『遥香さんの甘さが、たくさんの怪異を助けているんでしゅ！　きっと、ご自身の救いにも繋がっていると、僕は思いましゅ！』

「私の甘さ……」

これまで私は、甘味祓いで怪異の邪気を祓ってきた。永野家の面々からは、甘いと責められていた。

しかしながら、その甘さが私と長谷川係長の窮地を救った。以前助けた豆だぬきが、この宿へと導いてくれたのだ。

『お前は平安時代のはせの姫とは違う。たくさんの仲間がいるだろうが！』

『そうでしゅ！　お母さんもわかってくれましゅ！』

「そっか。そうだったんだ」

気づいていないだけで、私の周囲にはたくさんの仲間達がいる。

母だって、長谷川係長が悪い鬼ではないと理解してくれるだろう。母だけではない。きっと他の親族も、時間をかけて説明したら納得してくれるはずだ。

「私は、まだ誰とも話し合っていないんだ」

事情を打ち明けていないのに、わかってもらおうだなんて無理としか言いようがない。はせの姫と月光の君はふたりだけの世界に生きていた。けれども、私達は違う。しっかり前を見据えて、たくさんの人達に祝福されたい。

「私、長谷川さんを説得してくる」

『いってらっしゃいでしゅ！』

『言うことを聞かなかったら、マジカル・シューティングスターでぶちのめせ！』

「それはちょっと……」

義彦叔父さんから預かっている、戦闘用の杖《つえ》は鞄の中で重石《おもし》と化していた。もしものときのために持ち歩いているのだが、まだ一度も使用していないのである。

念のため、マジカル・シューティングスターが入った鞄と共に長谷川係長の部屋を訪問した。扉を叩くと、すぐに開かれる。

顔を覗かせた長谷川係長の表情は暗く重たい。この世の終わりを目の当たりにしたかのようだった。

「あの、長谷川さん、ちょっとお話ししません？」

「いいよ」

長谷川係長は来たときと同じ服装だった。テーブルの上の茶櫃に手を付けた様子はない。

「お茶、飲みます？」

「いや、いい」

「お茶受けのドーナツ、おいしかったですよ」

「そう」

気まずい空気が流れる。

能天気にドーナツを食べ、浴衣姿でいかにも温泉を堪能していましたという出《い》で立《た》ちなのも、申し訳ない気持ちを加速させているような気がした。

「永野さん、話って？」

重たい空気の中、私は長谷川係長の前に座り込む。しっかり目を見て、口を開く。

「あれからいろいろ考えまして、私には家族と長谷川さん、どちらかは選べないな、という答えが出たことを報告します」

「それは許されないよ」

「どうしてでしょうか？」

「俺達は一緒にいても、幸せにはなれない。千年前から定められているんだ」

「なぜ、何か行動を起こす前から諦めているんですか？」

「だって、永野さんのご両親に、鬼だってバレたし。きっと永野家の本家に連絡がいって、マンションの周囲には陰陽師達が待ち構えているに決まっている」

「永野家はそこまで好戦的な一族ではないのですが」

「何事も、最悪の事態を想定しておいたほうがいい。対策が取れるから」

「私達のことも、そういうふうに考えていたんですね」

「そうだよ」

鬼と陰陽師の関係なんて、上手くいくはずがない。そんな気持ちを常に抱いていたという。私が浮かれている瞬間も、長谷川係長は将来について悲観し、諦めていたのだろう。

「どうして、打ち明けてくれなかったのですか？」

「いつか話そうと思っていた。それが今だったというだけ」

今、長谷川係長との間に、高く厚い壁があるように思えてならない。でも、どうにか乗り越えなければ、幸せにはなれないのだろう。

「私達は、千年前と同じですか？　夜に秘密の逢瀬《おうせ》をする、はせの姫と月光の君のような関係ではないですよね？」

「似たようなものだと思うよ。会社の人にも、親や親戚にだって交際を報告していない。知っているのは、永野さんの家の式神ハムスターと桃谷だけ」

「そこが、前世と異なるところです。私達は前世と違って、仲間がいますから」

ジョージ・ハンクス七世やミスター・トム、マダム・エリザベスがいる。義彦叔父さんは怪異との共存に興味があるし、叔母だって話したら理解してくれるに違いない。前世で敵対関係にあった桃太郎の生まれ変わりである桃谷君だって、助けを求めたら協力してくれるはずだ。捻《ひね》くれたところもあるけれど、根は心優しい子だから。

「みんながわかってくれるまで、徹底的に話し合います。だから、絶対大丈夫なんです！　行動を起こす前に、諦めないでください！」

「永野さん、考えが甘いよ」

「その甘さが、私の武器なんです」

甘さと聞いて、思い出す。そういえば、長谷川係長のためにお菓子を持ってきていたのだと。鞄から食品保存容器を取り出し、蓋を開く。

「これ、長谷川さんのために朝から作ったお菓子なんです。食べやすいように一口大に仕上げまして、いちご大福串と名付けました」

唐突にお菓子を勧めたからか、長谷川係長はぽかんとしていた。

「甘いものを口にすると元気になりますし、心も癒やされます。どうぞ、食べてみてください」

食品保存容器を勝手に押しつけ、私はお茶を淹れる。先ほどルイ＝フランソワ君がしてくれたように、湯呑みを温めた。そのお湯を急須に注いで、お茶を注ぐ。

長谷川係長にお茶を差し出すと、受け取ってくれた。ホッと胸をなで下ろす。

「ひとまず、お菓子を食べましょう」

「そうだね」

長谷川係長のすぐ傍に陣取り、反応を待った。

まっしろな大福を見ながら、ふと思う。いちご大福なのだから、求肥をピンクにすればよかった。悔やんでも遅い。いちごは家に残っているので、リベンジしたい。長谷川係長は串を掴んで、いちご大福を食べる。

言葉で彼を説得するのは難しい。けれども、甘味ならばストレートに伝わるだろう。祈るような気持ちで、問いかける。

「いかがでしょうか？」

黙り込んでしまったので、質問を投げかける。

「甘い」

ぴしゃりと言い放ったので、緊張が走った。まるで、甘いのがよくないという響きだったから。長谷川係長が眉間に皺を寄せて言うので、よりいっそう悪いように思えてならない。

やはり、甘いだけではダメだったか。落胆しかけたその瞬間、長谷川係長の表情が綻ぶ。

「けれど、おいしい」

長谷川係長は私を抱き寄せて、「ありがとう」と耳元で囁《ささや》く。いつになく優しい声に、胸がキュンと高鳴った。

抱き合って感じる温もりすら愛《いと》おしい。こんな気持ちは初めてだ。

「ごめん。俺が間違っていた。もう二度と、諦めないから」

「私もです」

前世の悲劇を繰り返さないためにも、ふたりで話し合い、力を合わせて困難を乗り越えたい。きっと、長谷川係長とならば叶うだろう。

「これまで何度も、永野さんの甘味には助けられているな」

「私も同じくらい、長谷川さんに助けていただきました」

「なんていうか、俺達は足りないものを補うような関係なのかもしれない」

返事をする代わりに、長谷川係長を抱きしめる腕に力を込める。

しばらく、静かな時間を過ごした。

落ち着いたあと、長谷川係長はぽつりぽつりと話し始める。

「俺、無意識のうちに邪気に囚われていたんだろうね」

見た目からはわからない、深層心理に絡むように存在していた邪気らしい。それは、私も気づきようがない。

「永野さん、これ、甘味祓いをかけてた？」

「いいえ、これにはかけていません」

「そう。だったら、永野さんの作った菓子を食べて、自然と邪気を祓ったことになるのかな?」

「長谷川さんは世界で初めて、自分で邪気祓いできた鬼なのでは?」

「永野さんのお菓子がないと、できなかったのだけれど」

「それでもすごいです!」

負の感情が作りだした邪気は、甘味祓いでしか祓えなかった。長谷川係長がお菓子を食べて癒やされた結果邪気が散ったならば、それは大きな一歩だろう。

「悪い感情から邪気が生まれたのならば、善い感情によって邪気を祓えたらいいのにというのは、ずっと思っていたんです」

「まあ、その辺の結果は保留ということで。ひとまずは、永野さんのご両親を説得する方法を一緒に考えようか」

「はい!」

そんなわけで、私達は新しい一歩を踏み出す。きっと、明るい道が開けるに違いない。そう信じていた。

翌日——花曇りをあとにする。

昨日の仲居見習いちゃんと、仲居の田貫さんが見送ってくれた。

「また来てくださいね」

「路地裏にいる豆だぬきに声をかけてくれたら、案内しますので」

「ありがとうございます」

おいしい豆腐料理と温泉、そして心のこもった接客が、ささくれていた心を癒やしてくれた。機会があればまた宿泊したい。

帰り道も、豆だぬきが浅草の町まで連れていってくれるようだ。マイペースに進む後ろ姿を、追いかける。景色はくるりと変わり、よく知る浅草の町に辿り着いた。奇《く》しくも、実家の近くである。

「豆だぬきさん、ありがとう」

一回だけ尻尾を振って、豆だぬきはいなくなった。

「さて、永野さん、どうしようか」

「ひとまず母を呼びましょう」

父がいたら、話にならないかもしれない。まずは、母を説得したほうがいい。

母を呼び出す役目は、ルイ＝フランソワ君に任せた。

「お願いね」

『はい！　頑張りましゅ！』

実家のマンションに入っていくルイ＝フランソワ君を見送ったあと、私達は近くの喫茶店で待つ。

十五分後、母がやってきた。

「遥香……！」

「お母さん」

母は私を見るなり、駆け寄って抱きしめる。どこか遠くへ駆け落ちしたのではないかと、心配していたらしい。

「ごめんなさい」

「いいの。こうして戻ってきてくれたから」

怒られるかもと思ったが、そうではなかったようだ。ホッと胸をなで下ろす。

「あの、お母さん、長谷川さん――」

「ええ」

緊張の面持ちで、母は長谷川係長を見つめる。ふたりの間には、ピンと張った糸が今にも切れてしまいそうな空気が流れている。

『よいしょ』

場違いの、のんびりとした声が聞こえてきた。母が持っていた鞄から、ルイ＝フランソワ君が顔を覗かせたのである。テーブルによじ登り、ぺこりと頭を下げた。

店員が横を通り過ぎたので、慌てて隠す。店内に巨大ハムスターがいたら、大変な騒ぎになるだろう。

『あ、大丈夫でしゅ。式神たちは他の人には姿が見えないように、術をかけていましゅ』

「そ、そうなんだ」

「遥香、ルイ＝フランソワはサポート系の術が得意なの」

姿を隠したり、物を宙に浮かせたり、遠くの会話を拾ったり。日常生活でも役立ちそうな呪術を使えるらしい。

「だから、誰にも見つからずに私のマンションまで来られたんだね」

『はい！』

永野家にいる式神ハムスターの中でも、上位の能力だろう。そんなルイ＝フランソワ君を使役する母は、もしかしたらすごい陰陽師なのかもしれない。

「お母さん、もしかして、お父さんを立てるために、あまり実力を出さないようにしているの？」

「当たり前じゃない。プライドだけは誰よりも無駄に高い人の自尊心を、守ってあげているんだから」

「か、かっこいい……！」

いやいや、かっこいいか？　父の器量が小さいだけでは？

すぐに疑問が浮かんできたが、夫婦の生き方に口を出していい立場ではないので、黙っておく。

「っていうか、お母さん。今はお父さんの話はどうでもよくて、長谷川さん！」

「そうだったわ」

背筋をピンと伸ばした母は、緊張の面持ちで長谷川係長に挨拶をする。

「は、はじめまして。遥香の母です」

「はじめまして。長谷川正臣と申します」

自己紹介はここで終わらなかった。長谷川係長は神妙な面持ちで言葉を続ける。

「私は、かつて京都で陰陽師をしていた長谷川家の出身です。陰陽道に関しては、ほんの少しだけ知識があります。長谷川家は平安時代に鬼と交わっており、鬼の血が流れる一族でもあります」

母の表情は再び硬くなる。口をきゅっと結び、黙り込んでしまった。

ここで、ルイ＝フランソワ君が物申す。

『お母さん、長谷川のお兄さんは善い鬼なんでしゅ！　ルイ＝フランソワが保証しましゅ！』

　ジョージ・ハンクス七世も鞄から飛び出して、母に訴えた。

『こいつの言う通りだ。俺はずっと、長谷川を見てきた。この男は、遥香が何よりも大事で、自分の命を投げ出しても守りたいと思っているようなバカな男なんだよ』

『そうさ！』

　上のほうから声が聞こえた。吊《つ》り下げられたライトに、ハムスターの影があった。

『とうっ!!』

「えっ、ええ!?」

　勢いよく飛び降りてきたのは、ミスター・トム。右手にステッキを持ち、左手は帽子が飛ばないように押さえていた。目が合うと、ぱちんとウインクしてくる。

「ミスター・トム、ど、どうしてここに!?」

『そこのルイ＝フランソワから、手紙が届いてね。事情は把握している』

　ミスター・トムは帽子を取り、紳士の会釈を母にしてみせた。

「あなたは、織莉子さんと契約している式神ハムスターね」

　叔母の結婚式ぶりに会うらしい。顔見知りだったようだ。

ミスター・トムは真剣な眼差しで、母に話しかける。

『皆が言う通り、長谷川氏は悪い鬼ではない。ずっとずっと、マドモワゼル遥香を心から愛していたんだ！　それは一方的な想《おも》いではない。ふたりの間には強い絆《きずな》が存在し、確かな愛情があるのだよ』

ミスター・トムは恥ずかしい主張を、母に熱く訴えた。

「でも、将来、遥香が苦労するかもしれない。手放しに賛成はできないのよ」

『夫婦の苦労は、分け合うものですわ！　片方が背負うものではありません』

「こ、この声は、まさか！」

再び、どこからともなく聞いた覚えのある声が聞こえた。喫茶店の季節限定フェアが印刷されたポップの陰から、マダム・エリザベスが出てくる。

「あなたは、義彦さんの式神ハムスター？」

『ええ、そうですわ』

マダム・エリザベスもルイ＝フランソワ君から手紙が届いていたらしい。

『わたくしは、ふたりの関係を支持していますの。鬼と陰陽師のピュアな純愛なのです!!』

「愛だけでは、暮らしていけないのよ」

『ご安心くださいまし！　長谷川様は非常に世渡り上手で、出世間違いなしの男ですわ。その妻ともなれば、生涯安泰です』

生涯安泰と聞いて、母の目つきが変わる。

「定年まで係長の夫とは、違うのかしら？」

『彼はすでに、若くして係長のポジションにいますの』

「まあ！　なんて有望なの……！」

だんだんと、話の方向性が鬼からズレていっている。母の緊張も、ハムスター式神が登場するにつれて和らいでいったようだ。

『何よりも、長谷川様は人の世に溶け込み、人間としてごくごく真面目に暮らしております。悪い鬼とはとても思えません。普通の人と、変わらない青年ですわ』

「そ、そうなの？」

『ええ。人間にだって、善い人と悪い人がおります。鬼もまた、同じなのです。どうか、ふたりの仲を許してくださいませ』

長谷川係長が頭を下げると、続けて式神ハムスター達も平伏状態となる。ひと息遅れて、私も続いた。

「ちょっと、私が悪者みたいじゃない」

「お母さんが認めてくれたら、止めるけれど」

「遥香、あなたね……！」

母は半ば自棄《やけ》になったように、「わかった。好きにしなさい」と言った。私や式神ハムスター達は顔を上げたが、長谷川係長は頭を垂れたままだった。

「あの、長谷川さん、もう大丈夫よ。その、頭を上げてちょうだい」

「いえ、どの面を下げてやってきたのかとお思いかもしれません。大切なお嬢様と、一緒にいたいと望む鬼である私に」

「大丈夫。式神ハムスター達もあなたを認めているし。それに、私が生まれた土地は、鬼神信仰があった。鬼を悪い存在とは、決めつけていないのよ」

神社で奉納される神楽に、鬼の恰好をして行うものがあるらしい。そのため、母にとって鬼は身近な存在だったという。

「鬼神に抱き上げられると、子どもが健やかに育つ謂われがあってね。遥香、あなたも小さいころ、抱いてもらっていたわ」

「お、覚えていないかも」

「無理もないわ。一歳にも満たない頃だったから」

「お母さん、鬼神って何？　鬼が神様になったの？」

「鬼は鬼よ。神様とはちょっと違うのかもしれないわ」

人々から信仰されるような存在として、現代にも伝わっているらしい。

「でも、鬼がどうして、善き存在として神楽に取り込まれているの？」

「鬼も鬼神も、同じ存在だからよ」

善い鬼は鬼神として人々の信仰の対象になり、悪い鬼は邪鬼として忌み嫌われるという。

「昔から人は怪異をいいように信じたり、嫌ったりしているの」

「そんな歴史があったんだね」

そういえば小さな頃に迷子になって怪異に助けてもらったのは、福岡にある母の実家での話だったか。確認してみる。

「お母さん、私、お祖父ちゃんの家の近くで迷子になった？」

「ああ、あったわね。親戚一同、顔面蒼白《そうはく》であなたの大捜索をしたわ。一時間後に、あなたはあっけらかんとした様子で、月のお兄ちゃんに助けてもらったって、言っていたのよ。あれ、結局誰だったかわからなくって、お礼を言えなかったのよね」

「月の、お兄ちゃん？」

ふいに、記憶が甦る。それは、幼い頃のおぼろげな光景――。

見渡す限り、同じような田園風景が広がっていた。私は迷子になったのだ。

畦道《あぜみち》に蹲《うずくま》って泣いている私に、手が差し伸べられる。それは、額に角を生やした狩《かり》衣《ぎぬ》姿の青年だった。怖い物知らずだった私は彼の手を取って引かれるがまま、でこぼこの道を歩いていった。

祖父の家の屋根が見えた瞬間、私は安堵《あんど》する。感謝の気持ちとして、ポケットに入れていた小さな桃を模《かたど》った落雁《らくがん》を渡したのだ。

鬼の青年はハッとなる。私が感謝の言葉を口にすると、微笑んだ。

その姿は、淡く光って消えていく。

今になって、彼が誰だったのか気づいた。あのとき、私を助けてくれたのは月光の君だったのだ。

月光の君ははせの姫から毎晩、果物を貰っていた。笑顔を見せたのは、桃の落雁を見て当時を思い出したのかもしれない。

なぜ、あそこに月光の君がいたのか。鬼に由縁《ゆえん》のある土地だったからかもしれないが……。

その後、長谷川係長との縁を結んだのも彼だったのか。謎はどこまでも深まるばかりだ。

「遥香、どうかしたの？」

「あ、ううん。なんでもない。そっか、鬼神信仰があったんだ」

「ええ。長谷川さん、騒いでしまってごめんなさい。娘から何も聞いていなかったものだから驚いてしまって」

「いいえ、詳しい説明もせずに押しかけた私が悪かっただけで、謝らないでください」

長谷川係長は丁寧に、自らがどういう存在であるか説明した。人の悪意の影響を受けやすく、鬼寄りの存在になることまで打ち明けたのだ。

「私のような男が傍にいるのを、よく思わないかもしれません。この先、絶対に鬼化しないとも誓えないような未熟者です。しかし、永野さんを守りたいという思いは人一倍強いです。どうか一度、チャンスをいただけないでしょうか？」

再び、長谷川係長は頭を深く下げた。

母は口元を手で覆い、私のほうを見て肩をバシッと叩いてくる。きっと、「いい人じゃない」と言いたいのだろう。長年母の娘をしているのでわかるのだ。

長谷川係長が顔を上げると、母は緊張の面持ちに戻った。切り替えが速い。

母は腕を組み、険しい表情を浮かべていた。気まずい空気が流れる。

「すみません、少し席を外します」

「ええ、どうぞ」

長谷川係長は席を立つ。きっと、私と母に話をする時間を作ってくれたのだろう。

しばし経ってから、母が勢いよく捲《まく》し立てた。

「ちょっと、あんないい男どこで見つけてきたの？　どうしてすぐに紹介しないの？　っていうか、本当にお付き合いしているの？　結婚詐欺じゃない？」

「お母さん、落ち着いて」

「落ち着いていられるものですか！」

母は私のアイスレモンティーを一気飲みする。

「ちょっ、それ私の……！」

「かっこつけてホットコーヒー注文したけれど、缶チューハイ飲みたい気分だわ」

「絶対に止めて」

長谷川係長が雰囲気のいい喫茶店を選んでくれてよかった。ファミレスだったら、お酒を頼んでいたかもしれない。母は無類の酒好きなのだ。

「結論から言うと、私は反対しないわ」

「あ、うん」

賛成すると言わないのが、永野家に嫁いだ母らしい。父同様、長いものに巻かれるタイプなのだ。反対されなかったのが、せめてもの救いだろう。

「ごめんなさいね、賛成はできないの。絶対にあなたが苦労することになるから」

「うっ……！　そ、それは、そうだろうけれど」

「お父さんが反対しても止められるかわからない。それでも、一緒にいたいのでしょう？」

母の言葉に深く頷く。これまで見守ってくれた式神ハムスター達が私の周囲に集まって、そっと手の甲に指先を重ねてくれた。何かあったら助けてくれると、言ってくれているようだった。

「ひとつだけ約束してほしいの。もしも自分達では解決できないような事態になったら、絶対に相談して。実家の父に助けを求めるから。すべて自分ひとりで抱え込もうとはしないで」

母は永野家の嫁としての立場がある。けれども、私を見捨ててはいなかった。どっちつかずとも言えるが、これまで私と長谷川係長は孤立無援だった。助けてくれる人が増えるのはありがたい。

「お母さん、ありがとう」

母は無言で私の丸まった背中を撫でてくれた。

しんみりとした空気が消えたあとで、長谷川係長が戻ってくる。腰かけたのと同時に、母は笑顔で言った。

「長谷川さん、遥香のことよろしくね」

思いがけない言葉だったのだろう。長谷川係長は瞠目《どうもく》し、それから安堵の表情を浮かべる。

「ありがとうございます」

本日何度目かもわからない、深々とした礼を見せたのだった。

ひとまず、お見合いは中止である。その件に関しては、母が父を説得してくれるらしい。後藤さんには申し訳ないことをしてしまったが……。

本人に内緒で見合い話を持ち込むから、こういう事態になってしまうのだ。

改めて報告《ホウ》、連絡《レン》、相談《ソウ》は大事だなと思った。

第三章

絶対に、嘘はいけない！

（※ただし、優しい嘘は除く）

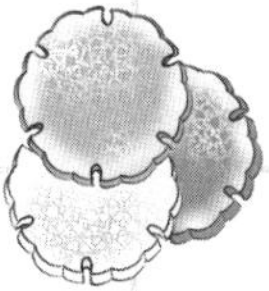

いざこざがあった翌日、父からメールが届いた。勝手にお見合いを進めていたことについての謝罪が書かれてある。後藤さんには断りの連絡を入れたとのこと。ホッと胸をなで下ろす。

長谷川係長も気にしていたようなので、すぐにメールで知らせた。夜に返信が届く。後藤さんが会社に訪問してきたさいは、お茶の用意は私以外の人に頼んでくれるらしい。かなり気まずいので、そのように対処してくれることを心から感謝した。

十二月も半ばとなると、総務課は慌ただしくなる。年末調整などの法定業務に加えて、年間行事の作成、周知、年賀状にお歳暮、お礼状の用意、大掃除に向けての備品の発注などなど、年末ならではの仕事が次々と襲いかかってくるのだ。

中でも、杉山さんの仕事に対する気迫がとんでもない。終業後、合コンに参加するために普段の倍以上のスピードで働いていた。

一ヶ月前に恋人と別れたばかりだったが、クリスマスシーズンは彼氏と一緒に過ごしたいらしい。

山田先輩も一刻も早く仕事を終わらせたいと、ぶつぶつぼやいている。なんでもご実家で盛大なクリスマスパーティーをするようで、食材や飾り、プレゼントなどを買い付ける役目を言いつけられているのだとか。オシャレで可愛いクリスマス商品はすぐに売り切れてしまうので、十一月下旬くらいから仕事帰りに物色しているらしい。今はいろんなパティスリーのシュトーレンを買い集める任務を遂行しているという。

十二月は課全体の雰囲気がいつもと違うように思えた。そんな中でも、桃谷君は通常営業である。

忙しいときこそ休憩はしっかり取るように。木下課長の言いつけにより、昼休憩はのんびり休んでいた。他の課の人達は昼休みもバタバタ働いているものの、流されないようにしている。

「なんていうか、浅草の町も会社もクリスマスムードですね」

休憩室に飾られている小さなクリスマスツリーを見ながら桃谷君は顔を顰《しか》め、ぼやくように言う。一方で、杉山さんは嬉しそうに眺めていた。

「こういう小物、けっこうテンション上がるけれど」

「えー、なんか浮かれているって印象しかないです」

クリスマスを楽しみにしている杉山さんに対し、桃谷君は冷ややかであった。杉山さんは真顔で問いかける。

「桃谷、クリスマスは彼女と楽しく過ごしたいな、ってならないの？」

「特にならないですね。ちなみに、クリスマスは同期達と飲み会です」

学生のノリが抜けていないと、ぶつくさ文句を言っている。以前から集まって仲良くしているという話を聞いていたので、少しだけ羨ましく思っていたのに。本人的にはそうではないようだ。

「桃谷君、クリスマス好きそうなのに、なんか意外かも」

「ケーキやチキンを食べて、プレゼントを交換して、盛り上がるっていうコンセプトは嫌いではないですけれど。こう、恋人達のロマンチックなイベントみたいな扱いは、心底どうでもいいです」

珍しく、本音を零す桃谷君を見た杉山さんが、ぼそっと耳打ちする。

「あれ、クリスマスにロマンチックな彼女と何かあったんですよ」

「そ、そっか」

勇気ある杉山さんが、桃谷君のクリスマスエピソードを引き出そうとする。

「桃谷、クリスマスで何があったの？」

「別にたいした思い出はないです。単に、クリスマス当日にコンビニでケーキとチキンを買ってきたら、当時付き合っていた彼女に死ぬほどキレられただけで」

「え、それ、高校生のときの話？」

「大学時代です」

「だったら、どっちもないわー」

　杉山さんの感想は辛辣であった。桃谷君はムッとした表情を浮かべる。

「生活費、自分で稼いでいたんです。勉強との両立でカツカツ。給料日前はもやし炒めしか口にできないような苦学生だったんですよ」

「それでも、クリスマスは外で特別なディナーを食べて、ロマンチックなイルミネーションの下でプレゼント交換がお約束でしょう？」

「それ！　それがイヤなんです。食費は男持ちだし、プレゼントは無駄に高いブランドものを要求されるし。かといって、相手から高価な品を貰っても、物々交換みたいでぜんぜん嬉しくないんですよね」

「うわー、クリスマス楽しむセンスない」

　だんだんと、ふたりが険悪な雰囲気になっていく。間に割って入らないと、クリスマス戦争が勃発してしまいそうだ。

「えーっと、なんていうか、クリスマスの過ごし方は人それぞれだよね」

バチバチと火花をまき散らしていたふたりの視線が、一気に私へと集まる。

「永野先輩は、どういうクリスマスが好きなんですか？」

「どうせ永野先輩も、彼氏にオシャレなレストランで奢《おご》ってもらって、ブランドバッグをプレゼントしてもらうんですよね？」

「あ、えーっと、これ、私のクリスマスの予定をここで大発表する流れなのかな？」

杉山さんと桃谷君が同時にこくりと頷く。どうしてこうなってしまったのか。クリスマスの予定なんて、誰かに話すつもりはなかったのに。

「さあ永野先輩、彼氏がいる勝ち組のクリスマスを語ってください」

「聞きたくないけれど、一応聞かせてください」

「仕方がないな」

クリスマスの過ごし方については、先日長谷川係長と話し合った。

「家でケーキとチキンを食べるだけだよ。プレゼント交換はお互いに負担になるからなし。私がケーキを焼いて、彼がチキンを作ってくれるの。それだけ」

杉山さんが真剣な眼差しで問いかけてくる。

「永野先輩、ちなみにケーキって、どんなのですか？」

「え、普通のイチゴのショートケーキだけれど」

続けて、桃谷君が質問を投げかけてきた。

「チキンはどんなんですか？」

「その辺詳しく聞いていないけれど、多分チキンレッグかな」

シーンと静まり返る。地味なクリスマスかもしれないが、忙《せわ》しない町で過ごすよりも家のほうがリラックスできるのだ。式神ハムスター達も招待できるし、きっと楽しいはず。

バカにされると思いきや、杉山さんと桃谷君は瞳をキラリと輝かせる。

「えー、永野先輩、すてきなクリスマスじゃないですか！」

「ケーキとチキンは手作りで、プレゼントはなしとか最高ですね！」

意外にも、高評価をいただいた。

桃谷君は机に突っ伏し、頭を抱えながら思いがけないことを口にする。

「あー、やっぱり永野先輩に真剣に交際を申し込んでおけばよかったです」

「ちょっ、桃谷君、会社でなんてこと言うの!?」

「桃谷、永野先輩狙いだったんだ！　超ウケるんですけれど！」

「いや、ウケないですよ」

杉山さんは満面の笑みを浮かべ、まさかの情報を提供してくれた。

「永野先輩、桃谷が入社する前からけっこう人気なんだよね。でも、永野先輩がぜんぜんアプローチに気づかなくって。営業のモテ男を袖にしたときは、なんか爽快だったな」

聞き流せない話題を耳にし、待ったをかける。誰かを袖にした覚えはまったく記憶になかった。

「杉山さん、その話、何？　知らないんだけれど」

「一時期、営業部の佐和田《さわだ》さんがうちの課によく来ていたでしょう？　あれ、永野先輩に会うためだったんですよ」

「えー、そんなわけないよ」

「そんなわけあったんですよ。あまりにも永野先輩が鈍いので、すぐに諦めたみたいですが」

「信じられないような話なんだけれど」

「今度から、永野先輩に好意を寄せる輩《やから》が現れたときは教えたほうがいいですか？」

「杉山先輩、必要ないですよ。永野先輩、最近防犯サービスを雇っているので」

「え、そうなんですか？」

「桃谷君、防犯サービスって何？」

「彼氏ですよ、彼氏」

「あ、ああ……」

会社ではそこまで出張らないものの、外に出かけたときなどは長谷川係長が徹底的に男性との接触を断っている。ずっと気のせいかな、と思っていたがそうではなかったようだ。

「いいなー、彼氏」

「いいなー、永野先輩と付き合っている運のいい男」

ぼやくふたりに苦笑していたら、休憩時間の終わりを告げるチャイムが鳴った。しぶしぶと、デスクに戻ったのだった。

山田先輩がバタバタしている。保険の営業さんがきたと、対応に追われているらしい。

保険の営業さんというのは、後藤さんのことだろう。なんとなく、気まずく思う。

先日、父が見合い話を断ったというメールを受信していた。後藤さんも了承してくれたらしい。それでスッキリ解決——としたいところだが、一度言葉を交わしているだけあって、かなり後ろめたい。

　山田先輩が「あ、お茶！」と叫んだ瞬間、ドキッと胸が嫌な感じに高鳴る。

「桃谷、後藤さんにお茶お願い」

「えー、俺ですかー？　今、忙しいんですけれど」

「文句は禁止だ。長谷川係長から、桃谷に茶汲《く》みの修業をさせるように言われているんだよ」

「あー、はいはい。了解です」

　しぶしぶといった感じで立ち上がり、給湯室へと向かって行った。

　ひとまず後藤さんとは顔を合わせなくていいとわかったので、深く安堵した。

　手を回してくれた長谷川係長にも感謝である。

　それにしても、ここ数ヶ月で桃谷君は変化を遂げたように思える。前はいつも明るく愛想よくしていたほうが上手く世渡りできると言っていたのに、最近はすっかり裏表がなくなっている。それでも、課のみんなの態度は変わらなかった。今も桃谷君を愛すべき末っ子のように可愛がっている。

　たぶん自分を偽らなくても、ここでやっていけると気づいたのだろう。基本的には優しい人ばかりだ。働きやすい職場だろう。

　お茶汲みから戻ってきた桃谷君が、まっすぐ私のところにやってきた。何だろうか。

顔を上げると、低い声で囁かれた。

「後藤さんから、永野さんは？　って聞かれました」

「え!?」

「後藤さんに会いたくないらしいので、と返しておきましたよ」

「なっ、も、桃谷君、なんてことを！」

「まあ、嘘ですけれど」

　頬を思いっきり抓《つね》りたくなったものの、ぐっと堪えた。

「いじわる言わないで」

「誰がいじわるだって？」

　振り返った先にいたのは、長谷川係長である。満面の笑みを浮かべ、私達を見つめていた。

「うわ、これ、なんかデジャヴ」

「永野さん、桃谷にいじわるされたの？」

「されました」

「だったら、少しお話でもしようかな」

「いや、長谷川係長、いじわると言っても、幼稚園児レベルです」

「いじわるはいじわるに変わりないよね」

「いや、あの、まあ……」

「桃谷君、こっちにおいで」

「か、体が同行を拒否します」

「拒否権はないから」

「お、おいでやすの刑はイヤー！」

「は？　何それ」

長谷川係長の冷ややかな言葉と共に、桃谷君は首根っこを掴まれて引きずられていった。この光景も、非常にデジャヴであった。

静かなフロアに響く、おいでやすの刑はイヤという叫び声。笑ってしまいそうになったので、奥歯を噛みしめて我慢した。

帰宅後は甘味祓い用のお菓子を作る。最近はごくごく平和で、浅草全体にも大きな事件は起きていない。けれども警戒は必要だろう。クリスマスシーズンは多くの人で町がごった返す。人が増えれば増えるほど、それだけ負の感情が発生しやすくなる。その結果、邪気が増えるのだ。年末年始も控えているので、お菓子は多めに用意しておいたほうがいいだろう。

本日作るのは、『バニラキプフェル』というドイツやオーストリアのクリスマスに食べられる定番中の定番クッキーだ。

あのマリー・アントワネットも愛したと言われているバニラキプフェルは、三日月の形をした可愛らしい造形をしている。バニラビーンズで香りづけされた、品のあるお菓子なのだ。

クリスマスくらいは怪異にいいお菓子のおすそ分けをしたい。私からのプレゼントである。

さっそく調理を開始する。まず、ボウルに小麦粉、アーモンドプードル、粉糖、卵黄、塩を加え、途中から室温に戻したやわらかいバターを加える。生地がなめらかになるまで混ぜてまとめたものを、ラップで包んで冷蔵庫の中で一時間置いておく。

休ませた生地をめん棒のように細長くして、包丁でカットする。生地を、ビーンズ状に形を整え、オーブンで焼いた。仕上げにバニラビーンズを混ぜた粉糖を振りかけたら、バニラキプフェルの完成である。

ひとつ味見してみた。口の中でホロッと解《ほど》け、バニラビーンズが豊かに香る上品なお菓子に仕上がった。

これは以前、ドイツ帰りの叔母から習ったお菓子だ。本場の下宿先で食べたバニラキプフェルが相当おいしかったようで、女将さんに無理を言ってレシピを聞き出したらしい。そういうパターンがこれまで何回かあって、私は叔母から世界中のお菓子の作り方を伝授されている。

一度くらいは海外に渡ってみたい……と思いつつも、これまで機会に恵まれなかった。高校生のときは海外への修学旅行が中止になって国内旅行だったし、大学の卒業旅行は国内が安全だからと各地の温泉巡りをしていた。

フランスのベルサイユ宮殿やオーストリアのシェーンブルン宮殿、ドイツのクリスマスマーケット、イタリアのミラノ大聖堂、ロシアのエルミタージュ美術館などなど、訪れてみたいところは山ほどある。けれど、叔母は「国内旅行のほうが治安はいいし、ごはんもおいしくて最高だから」と言うばかり。夢がない。

いつかのんびり海外旅行に行けたらいいなと願うばかりである。

完成したバニラキプフェルは食品保存容器に入れて、しっかり蓋を閉める。明日、早朝に長谷川係長と設置する予定だ。時計を見たら、二十三時過ぎ。欠伸が出る。

「明日も早いから、もう寝ようかな」

ジョージ・ハンクス七世のケージの水を替えて、新鮮なカットニンジンを餌箱に入れておく。

『遥香、ありがとうな』

「いえいえ、おやすみなさい」

『おやすみ』

疲れていたからだろうか。ベッドに横になった途端、意識がスーッと遠くなった。

沈香《じんこう》の深く豊かな香りが漂う。鎮静効果でもあるのか。気分が落ち着く。

このまま眠りに就こう。そう思ったのと同時に、胸が苦しくなって咳《せ》き込んだ。

否、苦しいというよりは痛いといったほうがいい。酷い筋肉痛のような倦怠感《けんたいかん》があり、体を動かすこともままならなかった。

「うう っ……！」

喉からせり上がってきたものが、激しい呼気と共に吐き出される。

それは大量の血だった。

「えらいこっちゃ」

少年の声が聞こえた。瞼《まぶた》を開くと、おぼろげに姿が見えた。

年頃は十歳くらいか。涅《くり》色の着物をまとう姿に、覚えはなかった。

「だ……れ？　子ども……？」

「子どもやない。鬼や」

「鬼……」

殺しにきたのだと、子どもの姿をした鬼は言う。けれども、今現在大量に吐血しているので、俺が何もせずとも死ぬだろうと言われた。

その通りだろう。息は苦しく、視界は霞《かす》んでいた。枕元に佇《たたず》む子どもの鬼は、はっきり見えない。

子どもの鬼の手が短刀を握っているのに気づいて、ゾッとする。悲鳴を上げたかったが、喉がヒューヒュー鳴るばかりであった。

急に、なんの前触れもなく、眼前に短刀の切っ先が迫った。

ぎゅっと目を閉じたが、痛みは襲ってこない。短刀は枕に刺さっていた。

鬼の子どもは耳元で囁く。

「気いつけて、逝くんやで」

全身から力が抜けていく。涙を流しながら、そっと目を閉じた。

ハッと意識が戻る。全身びっしょりと汗を掻いていた。

「夢……？」

沈香の高貴な香りが漂い、血の生臭さにむせ返るようなリアルな夢だった。

あれはただの夢ではない。前世――はせの姫の記憶だろう。

まさか、月光の君以外の鬼とも接触していたなんて。

心臓がドクドクと高鳴っている。先ほどまで私を殺そうと殺意を剝き出しにする者を前にしていたような、イヤな胸の高鳴りだった。

あの子どもの姿の鬼は誰だったのか。考えようとするが、頭がずきんと痛む。

「ううっ……！」

スマホで時刻を確認するのと同時に、アラームがけたたましく鳴った。どうやら、朝までぐっすり眠っていたようだ。六時過ぎだが、外は真っ暗。冬の朝だ。背伸びをして、起き上がる。汗を掻いたので、シャワーを浴びよう。

まだ、胸の動悸《どうき》は収まらない。心を落ち着かせるため、ジョージ・ハンクス七世のケージを覗き込む。

回し車の上で、ニンジンを胸に抱いて眠っていた。その姿に、心が安らいでいく。

「よし！」

気分を入れ替えて、シャワーは熱めの温度に設定する。汗を流すと、だいぶ気持ちが静まった。

それにしても、はせの姫と感覚を共有したのは初めてだった。咳《せき》をするだけで息苦しくなって、胸に激痛が走り、吐血するというのは信じがたいほど辛《つら》い。あの咳の仕方は、おそらく肺結核か何かだろう。彼女が離れに遠ざけられていたのは、感染を防ぐためだったのか。

かつて結核は『国民病』、『亡国病』と呼ばれ、死亡率も非常に高かった。治療法が発見されたのは昭和初期。平安時代にはせの姫を治療する薬は存在しなかった。

胸がぎゅっと切なくなる。千年の時を経て生まれ変わった、現代に生きる私は極めて健康だ。元気に暮らせる毎日に、心から感謝してしまった。

そろそろ出かける準備をしたほうがいいだろう。これから怪異のお菓子を設置しに行くのだ。さすがに十二月ともなればジャージで出歩くのは寒いので、防寒を第一に考えた服を着込んだ。

セーターにチェックのパンツを穿き、紺色のダッフルコートを合わせる。化粧は薄めに施し、髪はゆるっと巻いてお団子ハーフアップに纏めた。

「これでよしっと！」

眠るジョージ・ハンクス七世にそっと声をかける。

「行ってくるね」

『むにゃ……気をつけて、行けよ……むにゃ』

「了解です」

外に出ると、すでに長谷川係長は待ち構えていた。

「おはよう」

「おはようございます」

長谷川係長の私服は今日もすてきである。ネイビーのハイネックセーターとズボンに、渋いブラウンカラーのチェスターコートを合わせていた。

「行こうか」

「はい」

空は真っ暗だが、微《かす》かに明るくなりつつあった。冷たい風はヒュウヒュウ吹いて、冬の季節をこれでもかと実感する。

「永野さん、寒くない？」

「大丈夫です」

「そっか、残念。寒かったら手を繋ごうと思ったのに」

私はすかさず手を突き出し、申告しなおす。

「寒いです！」

長谷川係長は柔らかく微笑み、手を握ってくれた。温もりを感じていると、幸せな気持ちで胸がいっぱいになる。

こんなふうに密着できる冬は最高だ。

ほくほく気分でいたが、ふいに思い出す。今朝の悪夢を。

そうだ、長谷川係長に聞こうと思っていたのだ。

それとなく、前世について質問するのはいけないと決めつけていた。けれども、今回の件についてはどうしても引っかかる。勇気をかき集めて、問いかけてみた。

「あの、長谷川さん。小さな子ども――っ!!」

子どもの鬼について聞こうとしたら、立っていられないくらいの頭痛に襲われた。

「永野さん、大丈夫!?」

「あ、はい」

近くの公園に寄り、ベンチで休ませてもらう。ハーッと吐いた息は、白く染まっていた。長谷川係長から受け取った水を飲むと、落ち着く。

「今日は帰る？　お菓子の設置は俺がするし」

「いえ、平気です」

「体の調子がよくないのであれば、無理はしないほうがいい」

「いえ、違うんです。原因は、前世絡みの記憶なので」

「どうかしたの？」

もしかしたら、子どもの鬼について口にしようとしたら苦しむ呪術にでもかかっているのかもしれない。今は触れないほうがいいのだろう。

「前から、記憶が途切れ途切れだったり、何度も夢でみているのに内容をさっぱり忘れたりと、不思議な現象があったんです。今日のも、その一つかと思います」

立ち上がって、元気アピールをする。

「もしも途中で倒れたら、お姫様抱っこで愛を囁きながら連れて帰るからね」

「うっ、それはかなり恥ずかしい」

再び具合が悪くなったら、申告することを約束した。

朝の陰陽師の活動を再開させる。

決まったいつものポイントに、甘味祓いのお菓子を設置していく。義彦叔父さんが作ってくれた、怪異専用の自動給餌器にお菓子を入れていった。これは邪気を纏った怪異が近づくと、お菓子が自動的に出てくる優れものなのだ。

全部で五ヵ所仕込んだ。ここでようやく太陽が顔を覗かせる。時計を見たら、八時半を過ぎていた。いつもよりゆっくり歩いていたので、時間がかかったのだろう。

「長谷川さん、今日もお付き合いありがとうございました」

「いいえ。体の調子はどう？」

「この通り、元気です」

「よかった」

誰に相談していいものなのか。ひとまず、頭の隅に追いやっておく。

「あの、お礼に朝食を食べていきませんか？」

「だったら、カフェでモーニングでも食べる？」

「モーニング！　いいですね」

長谷川係長を家に招いて朝食を振るまうつもりだったが、すばらしい提案をしてくれた。

なんでも、一時期喫茶店でモーニングを食べるのがマイブームだったらしい。

「パンにする？　それともご飯？」

「ご飯のモーニングってあるのですか？」

「あるよ」

ファミレスやホテルのビュッフェで和食のモーニングというのは存在するが、それ以外のお店でやっているというのは初耳だ。長谷川係長のオススメのお店でもあるというので、期待が高まる。

「じゃあ、行こうか」

「はい」

和食のモーニングをしているお店は賑やかな雷門通りから路地に入り込み、しばし歩いた先に佇む。

外観はオシャレな喫茶店である。だが、提供される料理を見て驚いた。

「お、お味噌汁専門店、ですか!?」

「そう。珍しいでしょう？」

「ですね」

ちょうどオープンしたばかりのようだ。店内は賑わっている。

一階は五席くらいしかないが、二階にもスペースがあるようだ。

モーニングは二種類のお味噌汁、数種類のおにぎりの中からひとつずつチョイスするシステムらしい。追加料金で、三種類の小鉢が付くという。

「今日のお味噌汁は――」

選べるタイプは非常に迷ってしまう。やっとのことで味噌汁を選んだのに、次におにぎりを選ばないといけないようだ。

「しお、しゃけ、うめ、玄米……！」

どれもおいしそうだ。セットにプラス料金を支払ったら、追加のおにぎりも頼めるらしい。

そんなわけで、おにぎりはしゃけと玄米に決めた。番号札を受け取り、しばし待つ。そうこうしている間にも、お客さんはどんどん列を成していた。かなりの人気店のようだ。

一階のカウンター席が空いていたので、そこでいただく。

お味噌汁とおにぎり、それから煮玉子と煮昆布がちょこんと置かれてある。理想的な朝食だ。今日は寒かったので、温かいお味噌汁を飲みたいと思っていたのだ。緑茶が付いてくるのも嬉しい。さっそく、いただく。

まずはお味噌汁を一口。深い味わいの出汁が、寒さで震えていた体にじんわり沁《し》み入るようだった。あまりのおいしさに、眦《まなじり》から涙が滲みでてくる。こんなに丁寧に作られたお味噌汁は久しぶりだ。ここ最近は味噌汁作りをサボってばかりだったので、たまには出汁から取ってみようと思う。

おにぎりも白米の一粒一粒に甘みがあって、とってもおいしかった。

ご飯を食べて、味噌汁を飲む。これぞ、朝食！　と感じるものをしっかり堪能した。

朝からあちこちと歩き回って疲れを覚えていた体が、活力を取り戻す。

まるで実家に帰ったときのような安心感を覚えかけていたものの、ゆっくりしている場合ではなかった。次なるお客さんのために、席を譲る。

外に出たが、お味噌汁を飲んだので寒さもさほど感じなかった。

心とお腹が満たされた状態で、家路に就いたのだった。

◇　◇　◇

長谷川係長と豆だぬきのお宿に駆け込んでから半月ほど経った。父からの連絡はないものの、母とは連絡を取り合っていた。

なんでも父は、あの日以降、私や長谷川係長に関する話題にはいっさい触れないらしい。母が話そうとすると、無言で立ち上がってトイレに逃げ込んでしまうようだ。

そんな両親の近況を、ルイ＝フランソワ君が報告してくれた。

『ただ、以前のような険悪な空気は薄くなったように思いましゅ』

「そう」

スーパーに勤める母はクリスマスのケーキ担当になり、ここ最近は多忙を極めているらしい。そのため、ルイ＝フランソワ君が連絡役を買って出てくれているわけだ。なんでも、最近は父とも会話するようになったらしい。

「そういえば、モチオ・ハンクス二十世は元気にしている？」

『はい！ あまりリビングに顔を出さないのでしゅが、お元気みたいでしゅ』

モチオ・ハンクス二十世というのは、父が契約している式神ハムスターである。ロボロフスキーハムスターに似ていて、大福餅みたいなのでモチオと命名された。孤独を好んでいるようで、父の娘である私の前にも滅多に姿を現さない。

『気になるお話を聞いてしまったのでしゅが』

「どうしたの？」

『お見合い相手だった後藤さんが、遥香さんに会いたいとおっしゃっていましゅと』

「ええっ」

いったいなんの目的で？ どういうことかと一言物申したいとか？

顔を合わせたときにはっきり断らなかったものだから、腹立たしい気持ちになっている可能性がある。

『その、後藤さんはお見合いしてくれる日を、待っていると言っていたようでしゅ』

「な、なんで!?」

『長谷川さんとのお付き合いは一過性だろうから、別れたら連絡してほしいという意味だと思いましゅ』

見合いをしなかったことを怒っているわけではなく、長谷川係長と別れるまで待つという意味だったようだ。

どうしてそうなってしまったのか。頭が痛くなってきた。

「う、う――ん」

『安心してくだしゃい！　お父さんが、きちんとお断りしたようでしゅ』

「あ、そうだったんだ」

優柔不断な父も、この件ばかりははっきり拒否してくれたようだ。ここで曖昧な反応をしていたら、後藤さんはどういうことだと父に詰め寄っていたかもしれない。

『後藤さんのことはお父さんに口止めされていて、お母さんには言っていないんでしゅ。でも、遥香さんは当事者なので、報告しておいたほうがいいかなと思ったんでしゅ』

父の前では知らない振りをしてほしいと頼まれる。もちろん、そのつもりだ。

「ルイ＝フランソワ君、話してくれてありがとう」

『いえいえ』

感謝の気持ちとして、キャベツとキュウリ、小松菜、ブロッコリー、レタスのサラダを作ってあげた。嬉しそうに、シャクシャク食べている。

ジョージ・ハンクス七世には、茹でたブロッコリーと人工飼料《ペレット》を餌箱に入れておく。

『ありがとうな』

「いえいえ」

『それにしても、モテモテじゃないか？』

「何が？」

『後藤の話だよ。お前に未練があるみたいじゃないか』

「いや、そういうのじゃないと思うよ」

『だったらどうして、長谷川と別れるのを待っているんだよ』

「他のお見合いを回避できるとか？」

『それが理由か』

魅力的な年収と年頃、そして整った容姿を持つ後藤さんは引く手あまたなのだろう。

今は結婚をするよりも仕事に集中したい時期なのかもしれない。そんな中で、結婚前提ではない彼氏がいる私は都合がいい相手である可能性がある。

『お前、前世から男運悪いから気を付けておけよ』

「あー、うん。そうだね」

前世は宿敵である鬼と恋仲になった挙げ句、愛する人の手で殺されてしまった。今世は大鬼と再会し、前世と同じ許されざる恋をしている。おまけに、桃太郎の生まれ変わりまで現れ、交際を申し込まれた。ジョージ・ハンクス七世の言うとおり、男運がいいとは言えなかった。

『前世からの因果というか、まあ、呪いみたいなもんだな』

「呪い、呪いかー。あ、そう。ジョージ・ハンクス七世、永野家に呪いに詳しい人っていたっけ？」

『お前、どうかしたのか？』

心配したジョージ・ハンクス七世が、私の肩に跳び乗ってじっと顔を見上げる。安心させるように、頬を指先で撫でた。

「大したことじゃないんだけれど、前世について誰かに話そうとした瞬間、頭が痛くなって。なんか呪術でもかかっているのかなって気になったの」

『うーむ、そうか』

前世絡みだとしたら、現代の陰陽師に解呪できるものではないだろうと断言されてしまう。

『それこそ、独身時代巫女だったお前の母ちゃんが詳しいんじゃないのか？』

「ああ、そっか」

ルイ＝フランソワ君に伝言を託す。少しでもいいから、母と話す時間が欲しい。

スマホを新しく換えたようで、返事はすぐに届いた。今週の土曜日、仕事帰りの一時間くらいであれば、話せるという。母が勤めるスーパーの近くにある喫茶店で、会うこととなった。


あっという間に週末となる。母の勤務は朝九時から十四時まで。

クリスマスセールで疲れている母に、お土産を買っていく。夕食を考えるのが大変だとぼやいていたので、テイクアウトのうな重にした。私も、夕食はこれである。

スーパーの近くにある喫茶店は、最近オープンしたばかりだというオシャレな空間だった。母はすでに到着していた。席からぶんぶんと手を振っている。

「遥香、こっち！」

「はいはい」

昼食がまだのようで、カフェメニューではなくランチメニューを凝視していた。私にも何か食べるようにと、メニュー表を渡してくる。

「ここ、ずっと気になっていたんだけれど、立ち寄る機会がなかったのよね」

「職場の人と来ないの？」

「みんな、シフトが違うから。終わる時間バラバラなのよ」

「そっか」

お店の推しは『オムナポリタン』らしい。ナポリタンの上に、とろふわのオムレツが載ったひと品のようだ。

「オムナポリタンにするわ。遥香は？」

「私は紅茶だけでいいかな」

「遠慮しなくてもいいのよ？」

「私は昼食を食べてきたから」

「そう」

ひとまず腹ごしらえが必要だろう。本題に入らず、軽い世間話をする。

「そういえば、お父さんの様子はどう？」

「相変わらず、遥香と長谷川さんの話はしないわ」

本家には話していないようだから、安心するように言われた。

「っていうか、お父さん、たぶん報告できないと思う」

「そうでしょうね。娘の交際相手が鬼だと言ったら、自分の立場を地に落としてしまうだろうから」

この問題に関しては、あまり心配しなくてもいいのかもしれない。父がへたれなおかげで、永野本家の総攻撃を受けるという事態は回避できそうだ。

「でも、絶対に大丈夫というわけではないから、気を抜かないように」

「はーい」

ここで、母のオムナポリタンと私の紅茶が運ばれてきた。

オムナポリタンには想像以上に大きなオムレツがどん！　と鎮座している。母は幸せそうな表情で、頬張っていた。

「遥香も食べてみる？」

「うん、一口だけ」

オムレツを崩し、とろとろふわふわの卵にナポリタンを絡めるように食べるらしい。

さっそくいただく。

「んん！　お、おいしい！」

卵とナポリタンの相性は抜群である。トマトの酸味を、オムレツの卵がなめらかにしてくれていた。

「これ、意外な組み合わせかも。家でも作ってみようかな」

「喫茶店のナポリタンの再現が、難しいところだけれど」

「たしかに、麺の感じが普通のスパゲティとは違うよね」

スマホで喫茶店のナポリタンについて調べてみた。すると、家庭用のスパゲティとは異なる作り方をしているようだ。

「多めに茹でて、氷水で締めて、オリーブオイルを垂らして冷蔵庫で数時間置いておく、かー。この方法だと、喫茶店っぽいナポリタンの仕上がりになるんだ」

「時間がない主婦には面倒な工程よね」

太麺もちもちのナポリタンは、喫茶店でのみ味わえるものだと母は言い切った。

「軽い気持ちで作って、お父さんがまた食べたいなんて言うようになったら大変」

「た、たしかに」

お腹がいっぱいになったところで、母に相談を持ちかける。周囲に会話が聞こえないように、喫茶店で合流したルイ＝フランソワ君に防音の結界を張ってもらった。

「それで、どうしたの？」

「長谷川さんに夢でみたことを話そうとしたら、頭痛がして。これって呪いなんじゃないかってジョージ・ハンクス七世が言うものだから、心配になったの」

「夢の話、ねえ。うーん」

母は腕を組み、眉間に皺を寄せる。

「あ！　そういえば、私、小さい頃のあなたに呪術をかけたわ」

「え!?　ど、どうして？」

「だって、角の生えた男の話をするんだもの！　忘れていたわ」

「ってことは、あの頭痛はお母さんが原因なの？」

「た、たぶん？」

現代に、角を生やす男性なんていない。いるとしたら、よくない存在だろう。母は私を守るジョージ・ハンクス七世の召喚を手助けするのと同時に、親戚の集まりの中で発言しないよう、軽い呪術をかけていたようだ。

「長谷川さんとの騒ぎで、そのことについて思い出さなかったの？」

「ええ、ごめんなさいね。年を重ねると忘れっぽくなるのよ」

幼少時の私は、母に夢について話していたらしい。

「小学生に上がるくらいまで、よく話していたわね。でも、ある日友達に夢の話なんてつまらないって言われたみたいで、以降はしなくなったわ」

「そうだったんだ」

私もその頃の記憶はなかった。もちろん、夢の内容についても。

「他にどんな話をしていたの？」

「多かったのは、十二単《じゅうにひとえ》のお姫様の話ね」

十二単のお姫様――それは間違いなくはせの姫だろう。まさか、そんな昔から夢をみていたなんて。

「最後は大切な人を庇《かば》って、刀で切られて死んでしまったとか、小さな子どもが語るにしては残酷な内容だったけれど」

はせの姫は月光の君によって殺される。彼は刀を持っていないので、鋭い爪で引き裂いたのだろうと思っていたが。

それに、大切な人を庇って死んだというのはどういうことなのか。あの場には、初対面だった桃太郎しかいなかったはずだが……。

「お母さん、その夢の話、詳しく聞かせてくれる？」

「待って、はっきり覚えていないわ。母子手帳に記録した覚えがあるから、見つけたら送るから」

「記録してくれていたんだ」

「もちろん」

不思議な夢には意味がある。神職の家系に生まれた母は、そのように教育されていたようだ。

「あなたの夢の話も、きっと何かのお告げかもしれないからと、念のため聞き流さずにメモに書いていたのよね」

「お母さん……！」

角の生えた男性についても、記録しているかもしれないという。先日みた夢についても、何か関連した記述があるかもしれない。

「夕食作ってから捜してみるから」

「あ、夕食！　これ、鰻《うなぎ》屋さんで買ってきたの。お父さんとお母さんの分」

「え、嘘！　嬉しい」

母は跳び上がって喜んだ。相変わらず、夕食のレパートリーに悩んでいるらしい。今日は疲れているので、商店街でコロッケでも買って帰ろうかと考えていたのだとか。

「お父さんはなんでも食べてくれるから、いいのだけれど。でも、毎日はきついわ」

余所《よそ》の家庭では、作った料理に文句を言う輩がいるという。なんて罰当たりなと思ってしまった。

「クリスマスもスーパーのケーキとチキンにするの。手作りはしないわ」

「っていうか、お父さんとお母さん、ふたりでクリスマスしているんだ。なんか可愛いかも」

「ケーキもチキンも、職場のノルマなのよ。それがなかったら、夫婦ふたりしかいないのに食べないわ」

「そっかー」

なんだかんだ言って、夫婦仲はいいのだ。当時もお見合い結婚は多かったようだが、両親は恋愛結婚だったらしい。

「遥香、あなた達はクリスマスどうなの？　もしかして、夜景がきれいなレストランに誘われた？」

「ううん、家で手作りケーキとチキンを食べるだけ」

「まあ！　付き合いたてのカップルが老夫婦のようなクリスマスを過ごすなんて」

「のんびりできるかなって思って」

「若さがないわー」

夜景のきれいなレストランは以前、長谷川係長が記憶喪失になったときに連れていってもらった。オシャレしなければいけないし、かしこまった雰囲気に料理の味もしなくなる。それよりも、家で料理をおいしく食べるほうがいいだろう。

「クリスマス、楽しみだな」

ワクワク気分の私に、母はケーキのパンフレットを差し出す。

「クリスマス一週間前まで、予約を受け付けているのよ」

「あ、大丈夫。手作りケーキの予定だから」

「最近の冷凍ケーキ、おいしいんだから」

「だったら、ひとつ多く買っておいて、実家の冷凍庫に入れといて。遊びに行ったときに食べるから」

「冷凍庫にワンホールのケーキをねじ込む余裕なんてあるわけないじゃない」

「そうでした。一般家庭の冷蔵庫のサイズを、すっかり忘れておりました」

マンションに設置されている叔母の大きな冷蔵庫を基準に考えてしまっていたようだ。フレンチドア——観音開きの大型冷蔵庫は主婦の夢らしい。

「でも、あんな巨大冷蔵庫、置く場所がないのよねえ」

「家にいる時は、そこまで大きく感じないんだけれど」

「それ、家電量販店で小さく見えた洗濯機や冷蔵庫の大型家電が、家に運ばれた途端に大きく見える現象と一緒なのよ」

「な、なるほど」

母は深いため息をつき、セレブ生活に毒されているとぼやいた。以前から母は、叔母のマンションで暮らすことにいい顔はしていなかったのを思い出す。

「結婚しても、あのマンションみたいな部屋に住める人は稀なのよ。長谷川さんだって出世するか転職するかしなかったら、生活水準はだいたいお父さんと同じくらいだから」

「長谷川さん、一緒のマンションだけれど。しかも隣」

「な、なんですって!?」

「言ってなかったっけ？」

「聞いていない！」

「ご、ごめん」

長谷川係長は大金持ちの御曹司なのかという質問を受けたが、そうではないだろう。マンションはローンを組んで購入したらしいと伝えた。

「若いのに、あそこのマンションをローンで買うなんて、なかなかやるわね」

「まず、審査通ったのがすごいよね」

追加の紅茶を頼もうかどうしようか迷っているところに、母のスマホに父からメールが届く。帰りが遅いがどうしたのかという連絡だったようだ。

「そろそろ帰るわ」

「うん。ありがとうね」

母と別れ、家路に就いた。

私の夢について記録された母子手帳は、ルイ＝フランソワ君が運んでくれた。

「わー、わざわざありがとうね」

『いえいえ。どうぞでしゅ』

母子手帳を両手で受け取る。ひとっ走りしてくれたルイ＝フランソワ君には、薄くカットしたリンゴを与えた。

さっそく母が書いた記録を読む。母子手帳には私の体重の変化や母乳を飲んだ回数、夜泣きについて、離乳食のレシピまで細かく記入されていた。夢について描かれていたのは母子手帳の後半ページ。びっしりと詳細が羅列されていて驚いた。

そのほとんどが、どこか要領の得ない意味不明の言葉の羅列である。子どもの言うことなので、仕方がないのだろう。ジョージ・ハンクス七世も気になるのか、私の肩に乗って母のメモを覗き込んでいた。

『どうだ？　何か目新しい情報はあったか？』

「うーん、微妙？」

はせの姫は果物を皮ごとカットして月光の君にあげていたとか、満月の晩はふたりでお団子を食べていたとか、はせの姫は酷く音痴だったとか——なんてことのない内容ばかりだった。

千年前の恋人達は穏やかで楽しげな時間を過ごしていたようだが、知りたいのはそれらの情報ではない。

「これで最後か」

ぱらりと捲《めく》った先に書かれてあったのはたった一行。子鬼とは仲良くなれなかった、とだけ。

「いや、それがなんなのか気になるんですけれどー！」

がっくりと、うな垂れる。結局、幼少時の夢の記録を読んだが、手がかりすら発見できなかった。

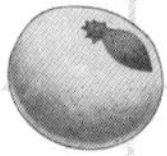

第四章 前世の因縁を断ち切る時（※ただし、今世の良縁は継続で）

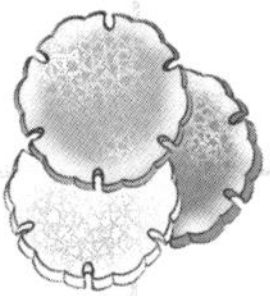

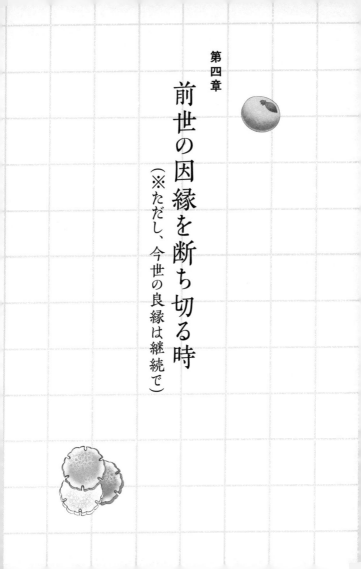

本日はクリスマスパーティーを行う。

ケーキの担当は私、チキンの担当は長谷川係長である。それ以外の料理は、ふたりでデリバリーを選んだ。

会場となるのは、長谷川係長の部屋である。叔母が突然やってきたら気まずいので、満場一致で決定した。

ケーキは昨日焼いた生地をデコレーションするだけ。スポンジは一日置いたほうが、しっとりしておいしい気がするのだ。

生クリームに砂糖を加えたものを、しっかりホイップ状に泡立てる。

まずはゆるめに固まった生クリームを半分に切ったケーキの生地に、パレットナイフを使って広げていく。

コツは何度も生クリームをベタベタ重ねないこと。生クリームを何度も塗ると、食べたときの口当たりが悪くなるらしい。

生クリームを塗った生地にスライスしたイチゴを並べ、生クリームを重ねる。その上に生地を載せて、しっかり固めた生クリームを広げていくのだ。

パレットナイフを使い、全体の生クリームを整える。緊張の瞬間だ。

きれいに整ったケーキに生クリームを絞り、イチゴを並べていく。台所で豆苗《とうみょう》と一緒に育てているミントをカットし、ケーキに飾ってみる。

「うん、可愛くできた！」

完成したケーキは冷蔵庫の中でしっかり冷やしておく。こうすると、切り分けやすくなるのだ。

続けて、ハムスター式神用のごちそう作りを開始する。ニンジンとカボチャ、サツマイモはやわらかく蒸す。体の大きなルイ＝フランソワ君は生の根菜類が好きだというので、カットしただけの野菜を用意しておく。

小松菜をお皿代わりにして、蒸し野菜を並べていった。主食である人工飼料も一緒に添えておく。

「よし、こんなものかな」

ケーキとハムスター式神のごちそうの準備が整ったので、身なりを整える。

クリスマスパーティーのために、新しい服を買ったのだ。ボーナスももらったし、ご褒美があってもいいだろう。

クローゼットから取り出したのは、シックなモノトーンのツイードワンピース。マネキンが着ている姿を見て、一目惚れした。ただ、袖からぶら下がっていた値札をこっそり覗き込んで目が飛び出る。一回目はスルーしたのだが、二回目に見かけたときにクリスマスセール中で半額になっていた。少しスカートの丈が短めだが、お家デートなのでいいだろう。スカートの下は厚めのストッキングを穿いておく。クリスマスなので、いつもより華やかなメイクを施した。普段よりもちょっと濃いめに。アイシャドウもラメ入りにしてみた。化粧は
　髪は横髪をロープ編みにして解《ほぐ》し、ローポニーにまとめた。

　こんな感じかと鏡を覗き込んでいたら、背後から声がかかる。

『あら、可愛いですわね』

「う、うわ！」

　振り返った先にいたのは、マダム・エリザベスだった。一輪の赤薔薇《ばら》を持っての参上である。

『パーティーにお招きいただき、光栄ですわ』

「いえいえ。お世話になっているので、楽しんでもらえたら嬉しいな」

『ありがとう』

マダム・エリザベスは薔薇を床に置き、ぺこりと頭を下げた。あれは、海外のセレブが使うという噂のカーテシー？　膝を折り曲げて行う、優雅な挨拶である。

私も返したが、膝がプルプル震えて姿勢を崩してしまった。プリンセスとはほど遠いさまとなる。

『トムも到着していたようです』

「あ、そうなんだ」

リビングへと顔を覗かせると、ミスター・トムがぺこりと会釈する。私もカーテシーを返したかったが、膝を痛めてしまったら大変なので会釈をするのみにした。

「ミスター・トム！　来てくれてありがとう」

『こちらのほうこそ、招待してくれて、感謝するよ』

お土産として、叔母から貰ったというチーズを持ってきてくれた。お酒のつまみによさそうだ。

最後に、ルイ＝フランソワ君がやってくる。母のスーパーで予約販売されていたケーキをお土産として運んでくれたようだ。早速中を覗き込んだら、ブッシュドノエルだった。

「わー、ありがとう！　ブッシュドノエルとイチゴのショートケーキ、どっちにしようか迷ったんだよね」

これも持っていって、二種類のケーキを楽しもう。

よくよく見たら、みんなオシャレをしていた。

ジョージ・ハンクス七世はネクタイを、ミスター・トムは白いシルクハットとタイを巻いている。マダム・エリザベスは赤と緑のクリスマスカラーのリボンを結んでいた。ルイ＝フランソワ君はマントを纏っていた。

「みんな、すてきだね」

『遥香さんも、特別な装いをなさっているのね』

『とてもきれいだ』

『似合っていましゅ！』

『まあ、いいんじゃないか？』

それぞれの言葉で褒めてくれた。なんだか嬉しくなる。

「――と、そろそろ時間だね」

長谷川係長の家に持っていくケーキやハムスター式神達のごちそうは、バスケットに詰めて運ぶ。ハムスター式神達も次々と中へ入っていった。狭いスペースが落ち着くのか、みんな寛いでいる。

「では、出発しまーす」

おー！　と声を揃えて拳を突き上げていた。

長谷川係長の部屋のチャイムを押す。すると、すぐに扉が開かれた。

「いらっしゃい」

にっこりと、すてきな笑顔で出迎えてくれた。それだけではなく、服装や髪型を褒めてくれる。頑張った甲斐があるというものだ。

長谷川係長は黒のクルーネックニットに、同色のパンツを合わせている。オシャレなモノトーンコーデだが、私が似たような恰好をしたら地味な部屋着にしか見えないだろう。同色の組み合わせは、オシャレ上級者のテクニックなのだ。

食卓には、白磁の美しいお皿にデリバリーの料理が彩り美しく並べられていた。

ニンジンのポタージュにフォアグラのテリーヌ、冬野菜のラタトゥイユ、蟹《かに》グラタン、ビーフストロガノフに鯛のフリット、ローストビーフなどなど。

「こんなにきれいにしてくださって……！　ありがとうございます」

「いつもだったら届いた容器のまま食卓に出すんだけれど。今日はクリスマスだから特別にね」

料理と一緒に添えてあるレタスやミニトマトは、きっと長谷川係長が追加で盛り付けたのだろう。さすがの美意識である。

私もバスケットを広げ、ゲストを紹介した。

「長谷川係長、式神ハムスター達も到着しています」

まずはマダム・エリザベスを優しく包み込むように掴み、そっと食卓に置いた。優雅なカーテシーを、ここでも披露している。

続いて、ミスター・トムに手を差し伸べる。帽子を僅かに上げ、会釈しながら手のひらに乗った。食卓のほうへ移動させると、自ら飛び降りる。長谷川係長にも、紳士的な挨拶をしていた。

ジョージ・ハンクス七世は手を貸さずとも、自分で飛び出してきた。長谷川係長には『よっ！』と片手を上げていた。

最後に、ルイ＝フランソワ君。両手で持ち上げ、慎重に食卓へと着地させた。長谷川係長には丁寧に、『先日ぶりでしゅ』と挨拶する。できた式神ハムスターだ。

私が焼いたケーキと、母からもらったブッシュドノエルを置く。マダム・エリザベスが持ってきてくれた薔薇は家から持参した花瓶に挿した。薔薇が一輪あるだけで、食卓はぐっと華やかになる。

ミスター・トムのチーズも、カットしてお皿に並べた。

式神ハムスター達のごちそうも、それぞれの前に置いていく。みんな、喜んでくれているようだ。

チキンが焼ける香ばしい匂いが漂っていた。

「お待たせ」

そう言って、長谷川係長は大皿を運んでくる。お皿にドン！　と鎮座していたのは、鶏の丸焼きである。足にはゴールドのリボンが結ばれていて、ゴージャスな雰囲気だ。

「す、すごい！」

「ちょっと焦げてしまったけれど」

丸鶏自体はいい感じに焼き上がっていた。周囲に添えて焼いた野菜が炭と化していたようだ。

「骨付きのもも肉で作る予定だったんだけれど、スーパーに丸鶏が売っていて。気になって見ていたら、ちょうど通りかかった精肉コーナーの店員さんが丁寧に丸焼きの作り方を教えてくれたんだ」

「その行動力、さすがとしか言いようがないです」

この前お買い物にいったさい、ふたりで選んだワインを開けてもらう。

食前酒はスパークリングワイン。グラスに注ぐと、ふんわりと甘い果実の香りが漂う。ハムスター式神にも器に水を満たしておく。グラスを掲げて乾杯する。

ただグラスを軽く持ち上げただけなのに、ひたすらカッコイイ長谷川係長である。

ハムスター式神達は拳を突き出したり、両手を上げたりと各々自由な形で乾杯に参加してくれた。可愛いにもほどがある。

ワインを一口。やわらかな泡に包まれたピリッとした辛みが舌先を刺激し、果物の爽やかな香りが鼻腔《びこう》を抜けていく。辛口だが飲みやすい。さすが、長谷川係長オススメのワインだ。

しばし前菜とワインを楽しんだあと、ケーキとチキンのカット作業を行う。私はケーキ担当で、長谷川係長はチキンを担当する。

長谷川係長はピカピカのケーキナイフを持ってきてくれた。

「あの、お湯をいただいてもいいでしょうか？」

「いいけれど、何に使うの？」

「ケーキのカットに使うんです」

説明はあとだ。電気ポットのお湯を耐熱ボウルに注ぐ。そのお湯に、包丁を浸けるのだ。

「ナイフを温めると、生クリームがナイフに付かなくなるので、切り口がきれいになるんです」

「ああ、なるほど」

切り方もコツがある。ナイフの刃をぐいぐい押し当ててカットするのではなく、ノコギリで木を伐《き》るように押して引いてを繰り返して切っていくのだ。長谷川係長が興味津々とばかりに見つめていた。緊張したものの、カットを成功させる。

「へえ、家庭のケーキでもこんなにきれいに切れるんだね」

「コツさえ掴めば、なんとかできるかなと」

手作りケーキとブッシュドノエルをカットし終えたあとは、長谷川係長による鶏の丸焼きのカットが始まった。

「丸鶏を前にすると、どうやって包丁を入れていいものか迷いますよね」

「だね。昨日、動画で調べてみたから、きっと上手くいくはず」

どこから入刀するものかと見ていたら、ももの付け根に包丁が差し込まれた。左右のもも肉を切り落としたあと、手羽をちぎり取り、むね肉の真ん中から包丁で切り目を入れてぱっくりと開く。ささみを外し、むね肉を食べやすい大きさに切り分けたら完了となるようだ。

なんと、ソースも自作したらしい。

「右からグレイビーソース、クリームソース、和風醬油、トマトソース」

「全部おいしそうですね」

「よかった。食べようか」

まずはケーキから。一晩置いて生地をしっとりさせたケーキは、期待通りおいしい。自画自賛である。

「永野さん、このケーキ、すごくおいしい。なんていうか、生クリームがなめらか！」

「お口に合ったようで、何よりです」

生クリームを塗る工程は大変だった。褒めてもらったら、苦労も吹き飛ぶ。

ルイ＝フランソワ君が運んでくれたブッシュドノエルも、チョコレートが甘すぎず、品のあるお味だった。チョコレートケーキ食べたい欲はしっかり満たされる。

「これ、夏くらいから大量に作って冷凍したあと、クリスマスに合わせて解凍して売るケーキなんです。けっこうおいしいですね」

「だね。冷凍技術が進化しているのかも」

続いて、長谷川係長特製の鶏の丸焼きをいただいた。ナイフを入れると、やわらかく焼かれているのに気づく。

皮はパリパリで香ばしく、鶏はジューシー。塩、コショウのシンプルな味付けながら絶妙な焼き加減で、肉汁すら上品なソースのように思えた。

長谷川係長は食べずに、じっと私を見つめていたようだ。

「あの、これは、シェフに感謝の気持ちを伝えたいくらいの丸焼きです。おいしい！」

「よかった。実はずっとドキドキしていたんだ」

ソースもかけてみたが、どれもおいしかった。

「お料理、これまでかなり努力をされたのでは？」

「うん」

珍しく、長谷川係長は嬉しそうだった。よほど、練習を重ねたに違いない。

お酒のペースもいつもより速い気がする。ザルなので、顔色はまったく変わらないが。私は顔が真っ赤になるので、あまりごくごく飲まないようにしている。

長谷川係長はにこにこしながら、私を見つめていた。

「なんだかご機嫌ですね」

「永野さんは頑張りを褒めてくれるから、嬉しいなって思っていたんだ」

「長谷川係長レベルになると、褒められないのですか？」

「いや、褒められはするんだけれど、最終的にはできて当たり前だよね、みたいな反応をされるから」

「才能だと片付けてしまう方々の気持ちも、なんだか申し訳ないのですが、ものすごくわかります」

長谷川係長は涼しい顔をして、仕事を難なくこなしているように見える。けれども実際はそんなことはない。

というか、努力なくなんでもできる人なんていないだろう。

「だから、永野さん、いつもありがとう」

「いえいえ」

長谷川係長のふにゃっとした笑顔を見ていたら恥ずかしくなって、ワインを一気に飲み干してしまった。

パーティーの開始から二時間くらい経ったか。式神ハムスター達は満腹になったからか、ぐっすり眠っていた。暗いところのほうがいいかもしれないと思い、バスケットの中に移してあげる。

そろそろ私達もお開きか。お皿を片付けようとしたら、長谷川係長に引き留められた。そのまま手を引かれ、リビングのソファまで誘導される。

「え、あの、なんですか？」

「話がある」

視線が燃えるように熱い。いつになく真剣な様子に、ドキドキと胸が高まる。

これはアレだ。プロポーズに見せかけて映画を観《み》ようとか、そういう展開だろう。

クリスマスに結婚しようとか言われるなんて、ドラマや漫画の世界の話なのだ。

ソファに腰を下ろすと、手を包み込むように握られた。しばし、熱い視線を受ける。

恥ずかしくて目を逸らそうとした瞬間、長谷川係長が言葉を発する。

「永野さん。俺と、結婚してください」

「なんの映画を観る――――え!?」

シーンと静まりかえる。今、結婚してほしいとか聞こえたような。

「これ、もう一回言わないといけない流れ？」

「すみません。なんだか信じがたい言葉が耳に飛び込んできました」

「またメールとか議事録とか提出したほうがいい？」

「あっ、いや、ちょっと欲しい気がします」

もう一度申告いただくのは申し訳ないので、耳にした言葉を復唱してみる。

「あの、結婚してくださいとか聞こえたのですが」

「言った。念のためもう一回言うけれど、俺は永野さんと結婚したいと思っている」

「こ、光栄です」

やっぱりプロポーズをしたらしい。

「あの、いったいどうして、結婚しようと思い立ったのですか？」

「いや、結婚はずっとしたいって言い続けていたけれど」

「それは、そうでしたね」

は――――、と地底まで届きそうなため息をつかれてしまった。

私がスルーし続けていただけで、長谷川係長は私と結婚したいと言い続けていたのだ。申し訳なくなる。

「でも、どうして今日だったのですか？」

「永野さんに近づく男にこっそり牽制《けんせい》するのがしんどくて」

「も、申し訳ありません」

「結婚したら、堂々と牽制できるから」

「どちらにせよ、牽制はするんですね」

今すぐに答えは出さなくてもいい。時間がかかってもいいから考えてほしいと言われた。

とても嬉しいけれど「はい、よろこんで」と即答はできない。私は陰陽師で、長谷川係長は鬼だから。私のせいで親族がこぞって長谷川係長の命を狙ったら、目も当てられないだろう。それに、両親がどういう反応をするか心配でもある。母はともかくとして、問題は父だ。

けれども、私は豆だぬきのお宿で決意した。長谷川係長と一緒にいると。

もう、腹を括《くく》るべきなのだ。

しっかりと前を向いて、言葉を返した。

「何もかも甘い私ですが、よろしくお願いします」

「え？」

勇気を振り絞って伝えたのに、長谷川係長はぽかんとしていた。たぶん、私もさっきは同じような表情を浮かべていたことだろう。今になって、長谷川係長の切ない気持ちを理解する。

「永野さん、俺と結婚してくれるって言った？」

「言いました。改めまして、ふつつか者ですが、よろしくお願いします」

ぺこりと頭を下げたのと同時に、抱きしめられる。

「夢かもしれない」

「現実ですよ」

「断られるって思っていたから、酒飲みすぎた。ごめん、酒臭いでしょう?」

「気になりません」

まさか、長谷川係長が緊張していつもよりお酒を飲んでいたとは。普段より口数が多かったのも、落ち着かない気持ちを誤魔化すためだったらしい。

「あ、指輪」

ソファのクッションの下から、指輪が収められた箱が出てきた。プロポーズと一緒に渡す予定だったらしい。

「断られたらかっこ悪いと思って、出せなかったんだよね」

プラチナのリングに小粒のダイヤモンドが塡《は》め込まれた、シンプルだけれど上品な婚約指輪《エンゲージリング》だった。差し出されたそれを、うやうやしく受け取る。

手にした瞬間、涙が溢れてきた。

「永野さん?」

「あ、えっと、すみません。嬉しくって」

再び、優しく抱きしめられる。胸がいっぱいになった。

「親族全員に理解してもらうのは難しいかもしれません。ですが、両親だけは頑張って説得しましょう」

「そうだね」

しばし見つめ合い、口づけを交わす。まるで、結婚式の誓いのキスのようだった。

クリスマスの夜は、ロマンチックに更けていく。

◇　◇　◇

プロポーズは果たして現実だったのか。ふいに、夢だったのではと思う瞬間がある。けれども、薬指で輝く婚約指輪が現実だったと教えてくれる。

紛失したら大変なので、普段はケースに入れて厳重に保管していた。デートのときは、嵌めてもいいだろう。

職場での長谷川係長は普段通りだ。会社への婚約報告は、両親の許可が出てからするつもりらしい。木下課長はいったいどんな反応を示すのか。きっと驚くだろう。

一日の仕事を終えて、帰宅する。今日は寒かったので、体がポカポカ温かくなるような料理を食べたい。

冷蔵庫に豚バラと白菜があった。これでミルフィーユ鍋でも作ろう。

剝がした白菜に、一枚一枚豚肉を挟んでいく。四層くらいまで重ねたら、三等分にカット。これを、土鍋に敷き詰める。

土鍋がギュウギュウになったら、水と顆粒《かりゅう》出汁、酒、醤油、すり下ろした生姜《しょうが》をたっぷり入れてしばし煮込む。

白菜と豚肉に火が通ったら、ゴマ油を回してかける。蓋をしてさらに煮込んだら、ミルフィーユ鍋の完成だ。

蓋を開くと、ふんわりと湯気が漂う。同時にお腹がぐーっと鳴った。同時進行で炊いたご飯を茶碗《ちゃわん》に装い、食卓に並べた。

夕食はお風呂に入ってからと決めていたものの、このミルフィーユ鍋とホカホカご飯には抗《あらが》えなかった。

「いただきます」

ミルフィーユ鍋を小皿に移し、汁もおたまで掬《すく》う。層になった塊から、白菜と豚肉を剝がした。汁が染み染みのそれを、幸せ気分で頰張る。

「あ、熱っ……！」

はふはふと舌の上で冷ましてから、しっかり嚙みしめる。豚肉の旨《うま》みを吸い込んだ白菜の味わいが、疲れた体に沁み入るようだった。

シャキシャキの白菜もおいしいが、トロトロになるまで煮込んだ白菜もまたおいしい。幸せなひとときである。

残ったら朝食にしようと思っていたが、ぺろりと完食してしまった。

「ごちそうさまでした」

生姜を利かせていたので、体はポカポカである。冷えないうちに、お風呂に入ってしまった。

今日一日、お菓子を作る気分が高まっていた。再び台所に立つ。ジョージ・ハンクス七世が台所にやってきて、興味津々とばかりに覗き込んでいた。

『何をするんだ？』

「ベビーカステラを焼く！」

丸くて、ふわふわしていて、優しい味わいのお菓子。お祭りでよく買っていた記憶があった。先日、急に食べたくなってコンビニにある市販品を買ったのだが、いまいちベビーカステラに対する欲は満たされなかった。

以前お祭りで食べたのは生地がもっと軽くて、素朴な味わいだった。こうなったら自家製作しかないと思ったわけである。

『それ、たこ焼き器じゃないのか？』

「そう！　これでベビーカステラを焼くの」

ベビーカステラの可愛らしい丸い形は、たこ焼き器を使って作る。ジョージ・ハンクス七世が見守る中で、調理を開始した。

まず、ボウルに小麦粉とベーキングパウダーを篩《ふるい》にかけておく。次に、溶き卵に砂糖、牛乳、練乳を少しずつ加えながら混ぜる。これに粉を加えて泡立て器でしっかり攪拌《かくはん》するのだ。生地を三十分ほど寝かせたのち、たこ焼き器で焼いていく。

生地を流し込んでしばし待つ。たまらない甘い匂いが漂っていた。途中から、冷凍していたあんこを丸めて生地に入れる。

あんこ入りのベビーカステラが完成となった。

「よし。こんなものかな」

全部で三十個ほどできただろうか。さっそく、味見してみる。

生地はふわふわ。優しい甘さがふんわりと口の中で広がっていく。祭りで売っている屋台の味だった。

あんこ入りも、抜群においしい。二十二時を過ぎていたものの、ホットミルクと共に五つも食べてしまう。

ベビーカステラに対する欲求は、これでもかというほど満たされた。

粗熱が取れたものは、ワックスペーパーを使ってキャンディ型に包んだ。こうしていたら、休憩時間にさっと口にできる。長谷川係長にもおすそ分けする。明日は一日外回りだというので、小腹が空いたときに食べられるだろう。

少々、いろいろ食べ過ぎたような気がする。外をランニングしたいところだが、このご時世、夜の単独行動は危険だろう。

フィットネスマシンをネットで調べてみたものの、金額を見てそっとページを閉じてしまった。

お腹のお肉を摘《つ》まみながら、休みの日は公園に走り込みに行かなければと決意を固めた。

もう少しで年末である。気合いを入れて、仕事を片付けていく。山田先輩だけでなく、杉山さんや桃谷君も忙しそうだ。

特に、山田先輩は大納会の担当で準備に追われている。大納会というのは、わかりやすくいえば打ち上げ。もしくは、社内で行うお疲れ様会みたいなものである。

今年はケータリングに気合いを入れているようで、皆に何を食べたいか聞き回っていたようだ。人事部長の大平《おおひら》さんにまで聞いていたらしく、抜群のコミュニケーション能力が羨ましくなる。

なんと、今年は浅草の有名な寿司《すし》職人を呼んでいるというので、皆楽しみにしているようだ。

私は大掃除の担当で、山田先輩に負けず劣らず忙しかった。それでも、息つく間があればちょこちょこ手伝っている。

今日も朝から打ち合わせが三件入っているようだ。これぱかりは本人にしかできないので、手を貸せない。鞄に忍ばせていた栄養ドリンクを山田先輩のデスクにそっと置いておく。ちょっとした応援である。

桃谷君が会議室から出てきた。ネクタイがよれている上に、瞳から生気が抜け落ちた様子である。すれ違いざまに注意する。

「桃谷君、ネクタイ曲がっているよ」

「いや、自分で曲げたんです。会議室で大変な目に遭って」

「どうしたの？」

「余所の課の係長に空気入れ替えろって命令されて窓を開けたら、スズメの大群が会議室に入ってきたんです。たぶん、五十羽はいたかと」

「そ、それは大変だったね」

会議室は大騒ぎ。全羽追い出すのに三十分以上もかかったらしい。

「でも、それとこれとは話は別だよ。業務時間中の服装はきちんとしなきゃ。長谷川係長がいたら、注意されるからね」

「今日はいないですもーん」

「いや、もーんじゃなくてね」

お腹が空いたとぼやくので、ポケットに入れていたベビーカステラをあげた。

「やった！　これ、長谷川係長にはあげてないですよね？」

「朝、あげたよ」

「なーんだ。俺だけ特別だと思っていたのに」

「ちなみに、お昼に杉山さんにもあげているやつだからね」

「えー、みんなに配っているじゃないですか」

「いらないなら返して」

手を突き出すのと同時に、桃谷君はワックスペーパーを剝いでベビーカステラを一口で食べた。

「うまっ！　もう一個ください。ネクタイきれいにして、しっかり働くので」

「仕方がないな」

桃谷君の手のひらに、あんこ入りのベビーカステラを載せる。すると、素早くネクタイを直し、自分のデスクへと戻っていった。瞳にも生気が戻っているように見える。やはり、忙しいときの甘いものはパワーの源となるのだろう。

本日三件目の打ち合わせをしていた山田先輩が、第一応接室から飛び出してきた。いったい何事なのか。額にびっしりと汗が浮かび、目も血走っている。

「山田先輩、どうかしたんですか？」

「今日、四件目の打ち合わせを忘れてた！」

「ええっ、そんな！」

「永野、すまん！　第二応接室に茶を持って行ってくれないか？　茶菓子も添えて」

「はあ、いいですけれど」

「何か話題を振って、時間稼ぎを頼む」

「え、それは無理ですよ！」

「埋め合わせは今度するから」

「無理ですってー！」

なんて、私の言葉なんて聞かずに戻っていった。はあ、と盛大なため息が出てしまう。長谷川係長がいたら、対応してもらったのだけれど。残念ながら今日は一日いない。年末の挨拶回りに行っているのだそう。

山田先輩はたまにこういううっかりを働いてしまうのだ。不満は大いにあるものの、やるしかない。

盛大なため息をついていたら、ジョージ・ハンクス七世が鞄から飛び出してくる。肩に乗って、小さな声で囁いた。

『遥香、相変わらず運がないな。ちょっとだけ、一緒にいてやるぜ！』

「うっ、ありがとう」

ジョージ・ハンクス七世はスカートのポケットにすっぽり収まる。彼が一緒ならば心強い。

給湯室で来客用の羊羹《ようかん》を切り分ける。何かやらかしたときのために、山田先輩が買い置きしているものだ。お客さんの対応に差を付けるなんて、長谷川係長にバレたら呆れられるに決まっている。しかしながら、今日のところは黙っておく。

お客さんが怒っていたら大変なので、念のため羊羹に甘味祓いをかけておいた。邪気の発生は最少限に留《とど》めておきたいから。

玉露と羊羹を盆に並べ、第二応接室に向かう。お客さんはいったい誰なのか。優しい人だといいなと、願いつつ扉を叩いた。すぐに「はい」と返ってくる。

はて、と首を傾げた。なんだか聞き覚えのある声だったから。

扉を開けると、ソファに腰かけていたのは保険会社の後藤さんであった。

にっこりと微笑んでいるものの、少し圧を感じるような笑顔である。

「ああ、永野さん。お久しぶりですね」

「あ、ど、どうも。ご無沙汰しております」

脳内で頭を抱え込む。よりにもよって、後藤さんだったとは。せっかく長谷川係長が顔合わせしないようにしてくれていたのに……！

ぎこちない動作で、お茶とお菓子を差し出す。非常に気まずい。当然ながら、後藤さんの顔なんて見られなかった。

「永野さんとのお見合い、できなくて残念でした」

「あ、えっと、すみません」

「一度きちんとお話をと思っていたのですが、永野さんのお父様にも断られてしまいまして」

「え、ええ。その節は、本当に申し訳ありませんでした」

なんだか責められているような声色である。やはり、最初に会ったときにきっぱり辞退しておくべきだったのだ。これは、優柔不断な私や父が悪い。

「なんとお詫《わ》びをしていいものか」

「だったら――死んで詫びてもらえますか？」

「え!?」

気がついたときには、首を絞められかけていた。その瞬間に、ジョージ・ハンクス七世がポケットから飛び出してくる。

『お前、遥香に何をしてんだよ!!』

後藤さんに跳び蹴りをかます。額にヒットし、後藤さんは後方に吹き飛ばされた。

「ぐうっ!!」

ジョージ・ハンクス七世はゼイゼイと肩で息をしていた。私と契約している彼は、自分の意思で長時間戦うことができないのだ。無理に戦闘を続けた場合、体力が削られて身動きが取れなくなる。

「ジョージ・ハンクス七世、大丈夫!?」

『心配いらない。クソ……！　なんか、イヤな予感がしていたんだよな！』

特に邪気が生じていたわけではないのに、後藤さんは私に暴力を振るった。いったいどうしてなのか。

『遥香、助けを呼べ！　桃谷でもいい！』

「う、うん」

立ち上がって扉へ駆け寄り、ドアノブへ手を伸ばす。が、その瞬間に手の甲に激痛が走った。

「い、痛っ!!」

目の前が真っ白になり、意識を失いかける。手が吹き飛んでしまったのではと思うほどの衝撃だった。

『遥香!!』

ジョージ・ハンクス七世の叫びで、なんとか意識を保つ。

手はある。けれども、これまでにないくらいの痛みを訴えていた。

『あ、あいつが、妙なことをしやがった!』

振り返った先にいた後藤さんは、人形と金槌《かなづち》を手にしていた。よくよく見たらそれは藁《わら》人形で、永野遥香と書かれた紙が釘《くぎ》で打ち付けてある。

「あ、あれは――!?」

「魘魅《えんみ》・天神法《てんじんほう》!」

後藤さんは叫び、藁人形を壁に固定させた状態で金槌を振り下ろす。藁人形の右足を打ったのと同時に、私の右足が猛烈に痛んだ。

「う、ぐうっ!!」

立っていられずに、その場に頽《くずお》れる。足の骨が折れたのではないかという、鋭い痛みを感じた。

私と契約で繋がっているジョージ・ハンクス七世も、同じように右足にダメージを受けているようだ。右足を引きずってまで私のもとへとやってきたので、そっと両手で包み込む。

後藤さんは汚いものを見るような視線をぶつけていた。

「ど、どうして？」

「お前のせいで、兄が死んだからだ！」

「お兄さん？」

いったい誰のことなのか。考える暇も与えてくれない。

後藤さんはツカツカと私に接近する。逃げようとしたが、結んだ髪をむんずと摑まれてしまう。

「や、止めてください！　離して」

「黙れ！」

ジタバタと抵抗するも、成人男性の力に敵うわけがなかった。

隙を見て甘味祓いをしたい。羊羹を食べさせたら、邪気は収まるはず——と、ここで気づく。後藤さんの体から、邪気は滲み出ていなかった。

「え、どうして!?」

後藤さんは邪気に支配され、暴行に出ているわけではなかった……?

「邪気……、後藤さん、どうして邪気を発していないの?」

「邪気の力を転じて、呪いを発動しているからだ」

「なっ——!」

「俺はお前を恨めば恨むほど、力が増していく。それだけだ」

「そんな……!」

髪を一本引き抜かれた。そして、摑まれていた髪を乱暴に放り出される。

「うっ!」

床に投げ出され、勢いのままに壁に激突した。誰か物音を聞いて不審に思ってくれという願いを込めて、受け身を取らなかったのだ。すぐに立ち上がったが、次なる攻撃に見舞われた。

後藤さんは抜いた私の髪を藁に絡ませ、金槌でガンガンと叩く。

「きゃあ!!」

先ほどの比ではない、激痛に襲われた。立っていられずに、その場に倒れ込む。ジョージ・ハンクス七世も私の手の中で苦しんでいる。

引き抜いた髪の毛を通じて、藁人形と私の繋がりが強くなったのだろう。どうしてこんな酷いことをするのか。

細長い釘を、藁人形の手足に打ち込んだ。すると、身動きが取れなくなる。標本にされた昆虫の気分を味わってしまった。

釘が貫いたのは藁人形なのに、本当に打たれたかの如くズキズキと激しい痛みを訴えていた。

「う、うう……！」

「お前が死んだら、兄さんは目が覚める。ずっとずっと、惑わされていたんだ」

大きく振りかぶって、叩く。そのたびに、私は悲鳴を上げた。全身から汗が噴き出し、息も切れ切れである。視界が霞む。

先ほど彼は、「魘魅・天神法」と口にした。魘魅というのは、呪禁師が使う術である。後藤さんは陰陽師の一派だったのだ。

もしかしたら、骨董《こっとう》商の呪禁師とも繋がりがあるのかもしれない。

「苦しみ方がワンパターンだ。お前は千年前と何ひとつ変わらない」

「え？」

脳内に記憶が甦る。浮かんだのは、短刀を握った涅色の着物をまとう子ども。

「うっ！」

急に頭痛に襲われ、意識が混濁する。

後藤さんはにやりと微笑み、懐から太い釘を取り出す。それを、藁人形の心臓部に突き刺した。ツキンと、鋭い痛みが胸に走る。

「死因は心臓発作。珍しい死に方ではない」

「ま、待って！　どうしてこんなことをするのか、教えて――」

後藤さんは私の言葉になど耳を傾けず、壁に藁人形と釘を固定させた。金槌を持った手を振りかぶったあと、こちらをちらりと見て言った。

「気いつけて、逝くんやで」

その言葉を聞いた瞬間、ハッと思い出す。

はせの姫を殺そうと、寝所へ忍び込んできた子どもの鬼。彼は激しくはせの姫を恨んでいた。

「まさか、あなたは!?」

叫んだ瞬間、金槌が振り下ろされる。奥歯を噛みしめ、衝撃に備えた。が、痛みは襲ってこない。

　バン！　と扉が勢いよく開いた。

「永野先輩、何を遊んでいるんですか？」

「も、桃谷君……」

「藁人形に金槌。うわあ、古めかしい邪術じゃないですか。趣味悪いなー」

　桃谷君は鬼殺しの刀が仕込まれた傘を手に、やってきたようだ。

　私と後藤さんの間に割って入る。その背中に、問いかけた。

「ど、どうして、気づいたの？」

「応接室の対応に向かってから五分以上経っていたので、おかしいと思ったんですよ。あと、変な物音も聞こえたので」

　変な物音とは、私が壁に激突したものだろう。捨て身の行動が役に立ったようだ。

「桃谷君、あの人、たぶん、鬼」

「だったら、俺の出番ですね」

　傘の持ち手を強く握り、刀を引き抜いた。鬼退治に特化した刀が、キラリと輝く。

　後藤さんはジロリと桃谷君を睨みつけ、地を這うような低い声で問いかける。

「お前は、まさか桃太郎か？」

「まあ、そんなところ」

「は、ははは……！」

不気味な笑いに、全身鳥肌が立った。天敵である桃太郎を前に、ずいぶんと余裕のある態度だ。

「今世でも、愚かな桃太郎にこの女を殺させよう」

それはいったいどういう意味なのか。思わず、桃谷君を凝視する。

「なんだ。桃太郎が、長谷川家の姫君を亡き者にしたんだ。覚えていないのか？」

「え？」

嘘だろうと、桃谷君に問いかけるも反応はない。

「桃谷君、説明して」

「そ、それは――」

のんきに話をしている場合ではなかった。後藤さんは金槌を放り出し、アタッシュケースを手に取る。蓋を開くと、タランチュラのような大きな蜘蛛《くも》が飛び出てきた。大きさは手のひらくらいか。気味が悪い。

「俺、虫、無理なんです！　その辺にいる蜘蛛でも無理なのに、毒蜘蛛とか！」

「これはただの蜘蛛ではない。蠱毒《こどく》を用いて作った蜘蛛だ」

「うわー、最悪！」

蠱毒というのは、壺《つぼ》に閉じ込めた虫を共食いさせ、生き残った最強の一匹を使役する。呪禁師が操る邪術のひとつであった。

蜘蛛は糸を吐き出す。それは触れたものを石と化す能力があるようだ。あろうことかその糸を、桃谷君は鬼殺しの刀で受け止めてしまった。

パキンと、刀は真っ二つになる。襲ってくる蜘蛛に、桃谷君は半分となった刀を突き刺した。蜘蛛は激しく痙攣《けいれん》したのちに、動かなくなる。桃谷君は膝をついた。

「桃谷君!!」

「刀と一緒に……、心も折れました」

「は!?」

「この刀、保険で修繕したばかりなのに折ってしまったし、前世ではせの姫の殺害を暴露されたし……。最悪です」

「ほ、本当だったの？」

「ええ、本当です」

はせの姫を殺したのは、月光の君ではなく桃太郎だった。

どうして？　疑問が雨霰《あめあられ》のように降り注ぐ。

「桃谷君、説明して。お願い」

「いや、まあ……なんと言えばいいものか」

しどろもどろで話し始める。

「大鬼を斬りつけようとした瞬間、はせの姫が間に割って入ってきたんですよ。それで刀がはせの姫に当たってしまったんです」

「そう、だったんだ。でも、どうして嘘をついたの？」

「長谷川係長と永野先輩、すでに相思相愛でイチャイチャしていたので腹が立って」

「桃谷君の前でイチャイチャなんてしていなかったでしょう？」

「物理的なイチャイチャではなく、精神的なイチャイチャです」

「そろそろいいだろうか？」

後藤さんはゾッとするような冷たい声で私達に問いかけてくる。そうだ。桃谷君を問い詰めている場合ではなかったのだ。

「桃太郎、その女を殺せ」

「は？　何言ってるんですか？」

「お前が千年前、長谷川家の依頼で京都にやってきて、兄さんを手に掛けた。絶対に許さない」

「え、兄さんって。もしかして、大鬼の弟!?」

そう。後藤さんはおそらく、前世で月光の君の弟だったのだろう。

桃太郎ははせの姫が息絶えたあと、鬼殺しの刀で月光の君を斬り伏せた。兄の敵だと、桃太郎を憎んでいるようだ。

「お前も、この女と同罪だ！　今世でもその女を殺し、罪を背負うがいい！」

後藤さんは桃谷と書かれた紙が貼り付けてある、新しい藁人形を手にしていた。

「弱った女など、折れた刀でも殺せるだろう」

両手で藁人形の手足を動かす。すると、それに合わせて桃谷君の手足が動いた。

「なっ、なんですか、これは！」

糸で操られた人形のように、桃谷君はカクカクとぎこちない動作で近寄ってくる。

おそらく、藁人形で人を操る邪術なのだろう。

「ちょっ、待っ、なんなんだ、これは！」

桃谷君は焦りながらも抗おうとしているようだが、体は言うことを聞かないようだ。

このままでは、桃谷君の攻撃を受けてしまう。

「桃太郎よ、前世の罪を償え！」

「いや、俺っていうか、前世の桃太郎は、大鬼とノータッチですよ」

「だったら、どうして兄さんは死んだ!?」

「それは――」

桃谷君は苦しげな表情で、一歩一歩と接近する。あともう一歩で、刀が私に届く。

その瞬間、これまで大人しくしていたジョージ・ハンクス七世が叫んだ。

『長谷川、来やがれ!!』

応接室の扉を蹴破って、長谷川係長が現れる。勢いのまま桃谷君を背負い投げた。

「ひ、酷い……」

そんな言葉を残しつつ、桃谷君は気を失ったようだ。

続けて桃谷君が手にしていた鬼殺しの刀を手に取る。鬼を害するために生み出された刀だからか、握った瞬間火花が弾ける。長谷川係長の手から、血が滴った。

それでも柄《つか》を離さず、そのまま壁に固定されている藁人形のもとへ走った。私の名前が書かれた紙と髪の毛を刀で断ち切ると、体の拘束が解かれる。

「はっ、はっ――ううっ!」

まだ手足はジンジン痛み、金槌で打たれた場所も鈍痛が残っていた。足手まといにならないよう、残りの力を振り絞って立ち上がる。

長谷川係長は私を守るように、後藤さんの前に立ちはだかった。

「兄さん……！」

後藤さんは感極まった様子で、長谷川係長を見つめていた。一方で、兄さんと呼びかけられた長谷川係長の顔は冷ややかである。

ピリピリとした空気がただただ流れる。しばし沈黙していたものの、後藤さんは何も聞かれていないのに説明をし始めた。

「千年前と同じように、その女が兄さんにまとわりついていたから、処分しようと思ったんだ」

「それで？」

「最初は太田《おおた》とかいう、ここの元係長を唆《そそのか》して、命を狙った」

まさかの事実を耳にした瞬間、背筋がゾッとする。そんなに前から、後藤さんが私を狙っていたなんて――！

「次は、ホタテスター印刷のお家騒動に加担した。通り魔も、仕込んだんだ」

保険の外交員という立場を利用し、さまざまな場所に出入りしていたらしい。

「最近は同じ呪禁師の家系の男を唆し、悪魔祓いの短剣で殺そうとしたのに、失敗してしまった。だから、今回は邪気を使って呪いをかけたのに、酉の市になんか行くものだから、邪気祓いの力で跳ね返されてしまった。兄さんのように、今世は鬼の力を持っていなかったから、努力したんだ」

「そう……嬉しいなあ」

長谷川係長は手を後ろに回す。握られていたのは、水晶短剣だった。

すぐに意図を理解する。長谷川係長は後藤さんの中にある鬼を、封じようとしているのだろう。

後藤さんにバレないようゆっくり接近し、そっと柄を引き抜いて鞘を受け取った。

「心から感謝するよ。ありがとう」

悲願が果たされ、後藤さんの気が緩んだのか。呪術で封じていたという邪気があふれ出す。応接室がうっすら黒く霞むほどだ。このままではいけない。長谷川係長が影響を受けてしまう。

羊羹はテーブルの上だ。駆け寄ったら、不審に思われるだろう。

と、ここでポケットに入れていたベビーカステラを思い出す。これを後藤さんに食べさせたら邪気も収まるはず。しかし、どうやって口にしてもらえばいいものか。

『遥香、俺にベビーカステラをよこせ』

ジョージ・ハンクス七世が小声で話しかけてくる。どうするのかと聞いたら、ここから後藤さんの口を目がけて飛ばすという。

『あいつ、油断しきっているから簡単だろう』

こくりと頷き、ワックスペーパーを剝いでベビーカステラをジョージ・ハンクス七世へと託した。

ジョージ・ハンクス七世はベビーカステラを抱えた状態で大きく跳躍し、長谷川係長の肩へ着地する。そして、ベビーカステラを投げつけた。

「再会を祝して、抱擁しよう」

「兄さん！」

後藤さんは駆け寄って、長谷川係長に抱きつこうとする。触れる瞬間に、ベビーカステラは後藤さんの口へと収まった。邪気は散り散りになっていく。

見事、ベビーカステラの投擲《とうてき》を成功させたジョージ・ハンクス七世は、振り返って親指を立てる。

次の瞬間、長谷川係長は水晶短剣を後藤さんの胸に叩き込んだ。

「がっ――なっ、なんで⁉」

「千年前、俺は桃太郎に殺されていない。自死した。誰のせいでもない。自分で死を選んだんだよ」

「そ、そんな」

後藤さんは意識を失い、その場に倒れてしまった。振り返った長谷川係長は、私の前にしゃがみ込んで問いかける。

「永野さん、怪我はない？」

「はい、私は平気です」

体のあちこちが鈍痛を訴えているものの、治療が必要なものではないだろう。

「それよりも、長谷川係長のほうが……。血が出ています」

「俺は平気だから」

続けて素早く指示を飛ばす。

「救急車を呼ぶ。永野さんは木下課長に電話して」

「は、はい！」

桃谷君はたたき起こされる。狸寝《たぬき》入りだったらしい。

それから大変な騒ぎとなる。救急隊員が駆けつけ、後藤さんは病院へ運ばれた。すぐに意識は戻ったようで、過労による失神だと診断されたようだ。長谷川係長は病院まで付き添ったようだが、鬼の記憶はきれいさっぱり消えていたらしい。

これらの事件について、どう処理していいものか。まさか、前世の恨みがきっかけでさまざまなトラブルに巻き込まれていたなんて。

殺人事件も起きた。ただそれは、犯人の中にもともとあった殺意を邪気が増長させただけ。けれども、邪気がなかったら起きていなかった事件なのではないか。考えれば考えるほど、胸がじくじくと痛んだ。

「今回の事件を、どう捉えていいものかわかりません」

「ただの呪いだよ。今世に生まれた者達の罪ではない」

鬼の力は封じた。二度と、後藤さんは凶行に走らないだろう。

ただ、鬼の部分が抜け落ちたことが、後藤さんの記憶を曖昧にしているらしい。しばし休養が必要だという。

後藤さんは会社でも成果を出すために仕事に熱中するタイプで、周囲の制止を振り切り無茶な働きっぷりを見せていたようだ。そんな事情があったので、うちの会社で倒れた話を保険会社へ伝えても「やっぱり」という反応だった。

これを機に、ゆっくり休んでほしい。

長谷川係長は週末になると、後藤さんのお見舞いに行っていた。もちろん、もう前世の記憶はないので不思議がられているという。それでもいいので、快方に向かうまで見守るようだ。それが前世の弟にできる唯一のことだと、長谷川係長は切なげに話していた。

そんなわけで長谷川係長が異動してきてから続く事件の数々が、まとめて解決した。

これからは平穏無事な日々が訪れますようにと、祈るばかりである。

◇◇◇

私や長谷川係長と話をしたい、と桃谷君が頭を下げてきた。

年末の仕事を乗り切り、長期休暇になってから時間を設けた。場所は、長谷川係長の家。桃谷君は手土産まで持ってきた。岡山銘菓である、お饅頭《まんじゅう》を持って。

桃谷君は珍しく、殊勝な態度でいた。

「えー、このたびは、前世の件で嘘をついてしまい、誠に申し訳ありませんでした」

桃谷君は深々と頭を下げる。私は長谷川係長とともに、桃谷君のつむじを無言で見つめていた。

「あの、頭を上げてもいいですか？」

「そういうの、自分で聞かないよね？」

「すみません」

桃谷君は、眉尻を下げつつ再度謝罪する。前世で桃太郎がはせの姫を殺した件で、桃谷君を責めるつもりはない。その考えは長谷川係長と一致している。

ただ、どうしても気になることがあった。

「桃谷君、あの、ひとつ質問してもいい？」

「なんでしょうか？」

「前世の因縁で、長谷川係長に仕返しされるとか、考えなかったの？」

「あー、それはまったく心配ありませんでした。前世で大鬼が言っていたんです。憎しみの連鎖は何も生み出さない。愛だけがこの世のありとあらゆる存在《もの》を救う、って」

それは、はせの姫の望みだったらしい。

もしも月光の君が誰かに殺されたとしても、はせの姫は誰も恨まない。不幸が不幸を呼び寄せるから。同じように、はせの姫が誰かに害されても、恨まないでほしい。

そう願ったようだ。

「そんなはせの姫の愛のおかげで、俺達はこうして和やかに茶とお菓子を囲んでいるというわけです」

長谷川係長は眉間に皺を寄せて呆れ半分、諦め半分の表情でいた。きっと私も、同じような顔をしているだろう。

「永野さん、どうする？」

「私、この件でかなり悩んだんですよね」

前世と今世の長谷川係長は別の存在だ。わかっていても、心の中のモヤモヤは拭えなかった。

「嘘を言っていたと判明したときは、絶対に許さないと思ったんです。でも、これまで桃谷君にはいろいろ助けてもらっていたから──特別に許してあげます」

「あ、ありがとうございます。もう二度と、嘘はつきません」

調子に乗った桃谷君が、ゆびきりげんまんをしようと小指を差し出してきた。

私の代わりに、長谷川係長が小指を絡ませる。

「げっ!!」

「今後嘘ついたら、針千本絶対飲ます」

「いや、なん、嫌です!」

「ゆびきりげんまん──」

長谷川係長は容赦なく、桃谷君の手をぶんぶん振っていた。

眦に涙を浮かべながら嫌がる桃谷君を見ていると、笑ってしまう。

平安時代のお姫様と大鬼、それから桃太郎──。

千年の時を経て生まれ変わった三人が、こうして楽しげに微笑んでいる未来を誰が予想できただろうか。

　すべては、平和を願ったはせの姫のおかげだろう。

◇　◇　◇

　あっという間にお正月を迎えた。私と長谷川係長は実家に呼び出される。

　父が話をしたいからと、提案してきたのだ。

　長谷川係長はきっちりとしたスーツ姿で現れる。

　私は叔母に習った着付けを行い、着物をまとった。実家なので、中古の着物である。

　長谷川係長は似合っていると褒めてくれたものの、表情はいつもより暗い。緊張の面持ちで、風呂敷の包みを大事そうに抱えていた。なんでも、京都からわざわざお菓子を取り寄せてくれたらしい。

「ご両親のお口に合うかどうか、わからないけれど」

「長谷川さん大丈夫ですよ。両親はコンビニスイーツでも大喜びするので」

「コンビニスイーツのほうがよかった？」

「いえいえ、甘いものならなんでも食べられるという意味です」

「そっか」

先日の訪問以上に、気が気でない様子だった。うちの両親相手に、そんなに緊張しなくてもいいのに。

実家のマンションに到着すると、母が元気よく出迎えてくれた。

「いらっしゃい！　どうぞ中へ」

「お邪魔します」

リビングでは父が腕を組んで待ち構えていた。険しい顔をしているが、長谷川係長同様に緊張しているのだろう。私達が来た途端、「かけたまえ」と普段使わないような偉そうな物言いで椅子を勧める。笑いそうになったが我慢だ。

父が醸し出していた気まずい空気を吹き飛ばすように、母が食卓に置かれていたお節料理を並べていく。

「これ、務め先のノルマで買ったお節なの。遠慮しないで食べてね」

「お母さん、そういうの、言わなくてもいいから」

非常に恥ずかしい思いをしたものの、長谷川係長は笑顔で「おいしそうですね」と言葉を返してくれた。

それにしても、クリスマスに続いてお節料理も購入ノルマがあるとは。大変だな。

それから日本酒で乾杯を交わし、お節をいただく。

母はマシンガンの如く長谷川係長に話しかけている。ちょっとは遠慮をしてほしい。

一方で、父は無言だった。数の子を一粒一粒口にしているのではと疑うくらい、食が進んでいない。いつもは「酸っぱいから嫌い」と主張している紅白なますを食べて、盛大に顔を顰めていた。心ここにあらずなのだろう。

父以外の人間の腹が膨れたところで、本題へと移る。

長谷川係長が切り込んだ。

「今日はお話をしたく、お邪魔させていただきました」

ついにきたと、父の表情がわかりやすく引きつった。

「私は、遥香さんとの結婚を考えています。どうか、許していただけないでしょうか？」

長谷川係長が深々と頭を下げるので、私も続いた。母は「あらー」と喜びの声を上げている。父はどうなのか。頃合いを見計らって、父のほうを見た。

なんと、父は泣いていた。

「遥香が、結婚するなんて……！　ついこの間まで、小さかった遥香が！」

「え、そっち？」

長谷川係長が鬼であることを気にするあまり、挙動不審になっているのかと思っていた。それは思い違いだったようだ。

父は涙を流しながら、長谷川係長に向かって頭を下げる。

「長谷川君。ふつつかな娘ですが、どうぞよろしくお願いいたします」

「は、はあ」

長谷川係長は父から反対されると思っていたのだろう。呆気《あっけ》にとられたような表情で頷く。

「あの、どうして許していただけたのでしょうか？」

「ここ最近、モチオ・ハンクス二十世に君を見張るよう命じていたんだ」

お雑煮の蓋の陰から、ロボロフスキーハムスターにそっくりな式神ハムスター達が姿を現す。それも一瞬で、すぐにいなくなった。

「長谷川君、あなたは遥香を大事に思い、守ってくれる。結婚相手として、これ以上ない相手だろう。娘を、遥香を頼む」

「もちろん、そのつもりです」

まさか、こんなにあっさり認めてもらえるなんて思ってもいなかった。長谷川係長と顔を見合わせ、微笑み合う。

「一点、約束を交わしたいのだが――」

父は前のめりで、私達を見る。約束というのはいったい何なのか？

「長谷川君が鬼であるというのは、私達だけの秘密にしてほしい。織莉子や義彦に話すのもダメだ」

墓場まで持っていくようにと、厳命される。

「一緒に、秘密を抱えてくれるのですか？」

両親は揃って頷いてくれた。長谷川係長は少しだけ瞳が潤んでいるように見える。

よかった。本当によかった。

両親は泊まっていくよう勧めてきたが、丁重にお断りをした。

月明かりが照らす中を、長谷川係長とふたりで手を繋いで帰る。

「永野さんのご両親に認めてもらって、安心したよ」

「問題は長谷川さんのご両親が許してくれるか、ですね」

「絶対に大丈夫だから」

なんだ、その自信は。ご挨拶に行ったら、私なんぞつり合わないと怒られてしまうのではないかと心配しているのに。

「そういえば、長谷川さんは私と同じくひとりっ子だとお聞きしていましたが、いずれ京都に帰ろうとかお考えなのですか？」

「いいや、考えていないよ。俺は長男だけれど、父は次男だから長谷川家から継ぐものはないし」

浅草の地が気に入っているので、可能であればここで暮らすつもりだという。

「マンションもローンを組んで買ってしまったしね」

安心して嫁いできてほしいと言われる。いつ入籍するかということは、また今度話し合う。その前に長谷川係長のご実家に行かなければならないだろう。

「何はともあれ、一件落着、かな？」

「はい！」

ついに私達の婚約は、私の両親公認となった。

これから先も、人生に困難が降りかかってくるに違いない。けれども、私は長谷川係長がいたら乗り越えられる。

そう思えてならない。

私達の未来には、きっと明るい光が差し込んでいるだろう。

繋いだ手の温もりを感じながら、そう考えていたのだった。

番外編

現代の大鬼、愛する者の幸せを願う

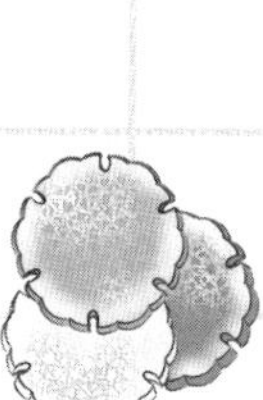

永野遥香という女性は両親から深い愛情を受けて、大事に育てられた娘だろう。本人を見ながら、長谷川はそう確信していた。

だから彼女の手を取り、結婚するならば絶対に幸せにしないといけない。

彼女にとっての幸せはなんなのか。考えれば考えるほど、長谷川自身がいない世界なのではないかと思う。

鬼である長谷川と結婚したら、茨の道を歩かせてしまう。

命を投げ出しても、守る決意はあった。けれども、そこまでして一緒にいるのは自らの我が儘なのではないかと気づく。

だから遥香の両親に鬼であるとバレたとき、別れを切り出した。

しかしながら、遥香は首を縦に振らなかったのだ。

摑まれた手を、彼女が不幸になるかもしれないのに振り払えない。

長谷川はこれほどまでに自分の意志が脆弱《ぜいじゃく》だとは思っていなかった。

このままでは前世と同じ過ちを繰り返してしまう。もう二度と、目の前で彼女を死なせたくない。

けれども、離れる以外で具体的にどうしたらいいものか。

わからなかった。

逃げた先でも自らを責めていたが、いつの間にか腹を括った遥香が話し合いをしようと提案する。

暗闇の中に、光が差し込むような言葉だった。

前世でできなかったことを、すればいいだけの話なのだ。

千年前、はせの姫と大鬼には味方がいなかった。

今世は違う。少なくとも、遥香の両親は話が通じないような相手ではない。

彼女の言うとおり、理解してもらうまで話したらいいのだ。


それからというもの、長谷川は満たされた日々を送る。そんな中で、まさかの相手にまみえることとなった。

ふいに、契約を結んでいるジョージ・ハンクス七世の声が脳内に響いたのだ。前世の弟に襲われていると。

すぐさま会社に戻る。

弟と聞いて、複雑な感情がわき上がっていた。たったひとりの肉親だったから、必要以上に依存するような関係だったように思える。

大鬼の弟は、まだ子どもだった。ひとりでは生きていけない存在だったのに、大鬼がはせの姫に入れ込むようになってから、すっかり変わってしまった。

やさぐれ、反抗的な態度を見せていた。

最初は弟を害した長谷川家に報復をするため、はせの姫に会っていた。それなのに、いつの間にかはせの姫に好意を抱いていたのだ。

千年前の鬼達の運命は悲劇で幕を閉じる。

大鬼は桃太郎に殺されたはせの姫を看取《みと》ったあと、自害した。

兄の死を知った弟は復讐《ふくしゅう》を誓い、長谷川家の娘と結婚する。

千年後――長谷川家に鬼の血が流れていると耳にしたのは、長谷川自身が物心つくような年齢になってから。自身が鬼だということは把握していたものの、長谷川家までそうだったとは思いもしていなかった。

弟も転生しているのではないかと思う日もあったが、発見には至らない。

それが今になって見つかるとは……。

弟は兄が道を踏み外したのは、はせの姫のせいだと思い込んでいた。

それは違う。

はせの姫は誰かを恨む気持ちしか知らなかった大鬼の生きる道を、正してくれた女性だ。彼も心を入れ替えて、まっとうな人生を歩んでほしい。そんな願いを込めて、長谷川は弟の鬼の記憶を封じた。

その後、失神した弟は救急車で運ばれる。長谷川は意識が戻るまで付き添った。

鬼の記憶や意思が、本来の彼と混ざり合っていたようでしばらくは混乱状態だった。

長谷川は何度か見舞いに行って、様子を窺《うかが》う。

元気を取り戻してからも、交流を続けていた。

たったひとりの弟である。見捨てることなんてできなかった。

長きにわたって抱えてきた前世の因縁は、どうあがいても切れるものではないのだろう。

けれども、前世と違って長谷川の隣には遥香がいる。

それだけで、幸せなのだ。

―――本書のプロフィール―――

本書は書き下ろしです。

小学館文庫

浅草《あさくさ》ばけもの甘味祓《かんみばら》い
～兼業陰陽師《けんぎょうおんみょうじ》だけれど、鬼上司《おにじょうし》と駆《か》け落《お》ちしました!?～

著者　江本《えもと》マシメサ

二〇二一年八月十一日　初版第一刷発行

発行人　飯田昌宏
発行所　株式会社 小学館
〒一〇一-八〇〇一
東京都千代田区一ツ橋二-三-一
電話　編集〇三-三二三〇-五六一六
　　　販売〇三-五二八一-三五五五
印刷所――――図書印刷株式会社

この文庫の詳しい内容はインターネットで24時間ご覧になれます。
小学館公式ホームページ　http://www.shogakukan.co.jp

ISBN978-4-09-407056-9

長崎新地中華街の薬屋カフェ

江本マシメサ

イラスト　加々見絵里

ドラッグストアで働く藤子が出会ったのは、
長崎中華街の「薬屋カフェ」で働く
極上笑顔のわんこ系美青年!?
働く女子の心と体にうれしい、
癒しと甘味と恋の物語。